/《梧桐深处》书系/

梧桐花开

庄添明——著

图书在版编目（CIP）数据

梧桐花开/庄添明著． --北京：中国书籍出版社，2021.5
 ISBN 978-7-5068-8478-5

Ⅰ.①梧… Ⅱ.①庄… Ⅲ.①诗集—中国—当代 Ⅳ.①I227

中国版本图书馆 CIP 数据核字（2021）第 096552 号

梧桐花开

庄添明　著

责任编辑	毕　磊
责任印制	孙马飞　马　芝
封面设计	中联华文
出版发行	中国书籍出版社
地　　址	北京市丰台区三路居路 97 号（邮编：100073）
电　　话	（010）52257143（总编室）　（010）52257140（发行部）
电子邮箱	eo@chinabp.com.cn
经　　销	全国新华书店
印　　刷	三河市华东印刷有限公司
开　　本	710 毫米×1000 毫米　1/16
字　　数	195 千字
印　　张	14.5
版　　次	2021 年 5 月第 1 版
印　　次	2021 年 5 月第 1 次印刷
书　　号	ISBN 978-7-5068-8478-5
定　　价	95.00 元

版权所有　翻印必究

《梧桐深处》系列丛书
编委会

编委会主任：董　秀（女）

编委会副主任：蒋祖逸

编　　　委：（按姓氏笔画为序）

　　　　　　王玉祥　宁家瑞　许　评

　　　　　　张　帆　钟　芳（女）

　　　　　　徐云芳（女）　蒋祖逸

主　　　编：蒋祖逸

执 行 主 编：王玉祥

编　　　辑：张　帆

总序
为民族文化复兴鼓与呼

伫立于百年未有之大变局中，举国上下正凝心聚力为民族复兴而奋斗，中华民族迎来了前所未有的重大历史机遇和伟大复兴的光明前景。实现中华民族伟大复兴需要中华文化繁荣兴盛。数千年的人类文明史无不证明，但凡优质的文化皆具有超越时空的属性和魅力，它们既是民族的，也是世界的。与此同时，那些广受认同的文化成果又是不同时代无可替代的精神标尺，它不仅能标示出文化创作个体的精神维度及价值向度，更能够丈量出具体时代的人文高度。从文化的传承发展来看，优秀的文化种子可以散播在任何地域，至于如何才能更好地生根、发芽，乃至茁壮成长，则取决于生命个体能否汲取时代精华，在漫长历史发展中流芳。

在古今中外优秀文明成果的濡染和中华优秀传统文化的引领下，近年来盐田文学艺术界日趋成熟，呈现蓬勃向上之态势。盐田地处深圳东部，依山面海，历史源远流长，地理位置优越，自然环境优美，民俗文化丰富，历来都是艺术创作的风水宝地。今年恰逢深圳特区建立40周年，我们欣喜地看到，在山海盐田丰富的人文气息浸润下，在盐田区文联的精心培育与指导下，在盐田广大艺术家的共同努力下，八册之丰的《梧桐深处》文丛终于和大家见面了，这既是盐田为深圳特区建立40周年献上的一份礼物，亦是艺术家们内心美好祝福的自然绽放，可谓水到渠成、锦上添花，也见证着深圳盐田文学艺术界"主力军团"来到了一个新的起点。

遍阅《梧桐深处》系列文丛可知，就艺术表现手段而言，它是一部体裁多样的文学作品集以及用文学作底蕴的摄影艺术集，反映了盐田区在经济、政治、文化、社会和生态文明建设各方面取得的成就，记述了百姓的幸福生活，描绘了繁荣发展的美好景象。如此鲜明而有趣的组合，既凸显了盐田文艺界在文学创作方面的优势，也映衬出盐田摄影艺术在促进历史、人文和性灵相互融合方面的独特魅力。同时，这也昭示着盐田尚有更多闪光点值得继续深入发掘与展示，譬如，书画、音乐、戏剧、影视等别的艺术门类也表现不俗，渐呈崛起之势。

聚焦丛书作者们的社会身份，既有盐田区文联主席蒋祖逸先生、盐田区文联秘书长王玉祥先生及盐田区作协主席钟芳女士等各自领域的带头人，也有数位来自基层一线优秀的业余作者。他们都有着令人钦敬的共性，那就是深爱盐田这片热土，同时对文学艺术表现出异乎寻常的热爱和坚持，或许这才是他们能创作出有思想、有温度、有感染力的优秀作品的初心。

党的十八大以来，特别是习近平总书记主持召开文艺工作座谈会后，在习近平新时代中国特色社会主义思想的指引下，我国文艺界引发了一股股勇于登攀文艺高峰的热流，呈现出百花齐放、蓬勃发展的生动景象。正是在新时代文化盛世下，盐田文艺乘势而上，努力创作出无愧于时代、无愧于人民的艺术佳作。《梧桐深处》付梓成册，是盐田文艺事业浓墨重彩的一笔，是深圳文艺发展成就的有机组成部分，也是中国当代文艺发展的一次有益探索。

是为序。

深圳市盐田区委常委、宣传部长　董秀

序
一个与大地共振的歌者
——庄添明诗歌导读

杨 克

每天关注最新资讯,思考历史,记录时代,力求发出诗意的声音。这就是诗人庄添明,一个与大地共振的歌者。

自古诗人莫问出处。隋朝开启科举取仕至清代,九百多名文状元,诗歌写得好的只有十余个。历史上,多少诗文出自阡陌。当代诗歌近40年来,优秀的民间诗人层出不穷,而网络上,还活跃着众多的诗歌爱好者。庄添明,学历不高,当年小小年纪就担任中学毕业班老师,思政课兼语文科。职业使然,他的思维中很早就植入了政治与文学结合的因子:在语文课中提炼思想教化的引领力,在思政教材中分析语言文字乃至经典金句的承载力。不经意间,这种教育教学思维定式,直接渗入了他自小就喜欢的诗文创作之中。这也正合了"文章合为时而著,歌诗合为事而作"的古训。通览《梧桐花开》这本诗集,其几乎就是一部深圳特区和特定时期的"手记"。他写深圳,追溯历史,讴歌现实,记录特区的感人事迹;他写生态,怀抱自然,绿意盈眼;他写抗疫,讴歌天使，激励逆行。即使是写日常生活，也融入历史长河的悠悠思绪中。贯穿庄添明诗歌的一条红线，始终是家国情怀的无垠大爱。读者把握了庄添明诗文创作的历史渊源及支撑这一主脉络，再来品读诗集中的诗作，或许就更容易感同身受，遨游于作者营造的语言世界中。

循例，让我们捋一捋庄添明这本诗集的特点吧。

一是主旋律，格调高亢明亮。集里诗歌相当多的部分是时代抒情诗，选材来源于现实，热情讴歌，满满的正能量。值得嘉许的是，对负面的事物，社会的弊端，也有无情讥讽与鞭斥！诗主旨鲜明，语言明快。即使面对疫情肆虐，依然信心满满，其中大部分适合朗诵。篇章举隅，俯拾皆是：《最美的城市最美的你》讴歌了深圳人的敬业精神与大爱无私；《初冬，街头那一抹红》以及《城市因你而美丽》，是深圳义工志愿者的颂歌；《红薯情》呈现了深圳大学千方百计帮助和平县曲潭村人卖红薯加快脱贫的义举；曾有一诗网上甫一发布，即被广东省朗诵协会制作成音频传诵，被《学习强国》广东学习平台等公开发布；《雏鹰在飞翔》反映了深圳雏鹰助学行动；《美丽的朱鹮》则表现了人与自然和谐相处。一些歌词经谱曲演唱制作后，在广播电视权威网站发布。东方诗歌平台一度组织二十几名朗诵家合诵其作品。而《岁月之颂》小辑，则以一朵朵浪花，推送出雷锋、卢永根、张梁、海子、中国航天人群体、白居易、冼星海、二月河等名人及其各自彰显的精神力量。

二是题材多样，如梧桐花开多姿多彩。诗集依照《诗经》之例，分为"风""雅""颂"三辑。诗人身处特区与林业生态环保行业，非常关注特区变迁与生态文明事业的演进，这两类题材分量不小。当然，时令节气、民情风俗、往日情怀、父母亲友之思、故乡风物之忆，也都一一出现在诗人笔端。庄添明写深圳描生态，有现实之美，更有历史之源，未来之思；写抗疫记民情，有人物有事迹，更有颂扬有启示；写岁月抒感怀，更多的是写出了所思所悟，予人滋养，助人成长。正如梧桐山满山遍野的金钟花、毛棉杜鹃和映山红、棱果花等，不同的时序，不同的姿态，不同的品相，多姿多彩，却一样摇曳生辉，醉人心田。

三是表现形式灵活多变。在庄添明诗园里，正儿八经的时代抒情诗是主流，还有微型诗、歌词、诗歌剧等。其中微诗短小精悍，寓意深刻。《化石三品》三两句就表现了忠诚、干净、担当的时代品质。《诗意微诗》中对"诗本体"进行了深思；《城市微诗》寄托了诗人对"大城市病"的无奈与忧思。几首歌词，介乎长诗与小品之间，庄添明驾轻就熟，很好地写出了意境。《醉美梧桐山》经吕宏伟原唱演绎后，被盐田区委宣传部当作深圳特区成立40周年献礼作品。一首脱贫攻坚之歌，已由著名作曲家郑秋枫老师谱曲，相信会有较高推广度。值得一提的是，庄添明为致敬深圳特区成立40周年，尝试创作了诗歌剧《深圳，深圳》，力图创作一部组合式的"深圳诗史"。剧分五幕，分别以《溯源》追溯古深圳肇始于侏罗纪以来的历史；以《拓荒》展示特区早期建设者炸山开路建高楼当河长的风貌及精神；以《攀登》展现深圳人敢闯敢试勇攀高峰的优秀品质；以《关爱》演绎"来了就是深圳人"、共建共享文明城的独特风采；以《姿势》激励深圳人积极投身粤港澳大湾区和中国特色社会主义先行示范区"两区"建设的豪迈气概。演员可多达几十人上百人，表现形式以分角色朗诵为主，同时配以画外音、背景音视频及现场演唱、伴舞等。可以预见，若这部诗歌剧能排演出来，必令诗歌拥有新平台！

四是努力锤炼语言。这或许又与庄添明做过老师，当过党政机关部门负责人，主管过信息综合及新闻报道有关。他的诗歌中总能找出一些哲理性易记的闪光句子，让读者点赞，而中国诗歌传统，从来讲究语言文字的音韵之美、寓意之深和灵活之变。写苏东坡，"活就活得恣意洒脱，走就留下无尽的传说"，直接概括了一代文豪词宗的苦乐人生。写哈拉奇湖，题目《欢迎回来，哈拉奇》，结尾又以"欢迎带回更多的姐妹兄弟"一句，拟人手法一贯到底，呼唤良好生态；写常熟虞山，提炼"生态毓成文明，山水自成金银"后又亮出一句"虞山神人醒，当惊时代新"。《醉美梧桐山》中"君有凌云志，先行勇登攀"与此异曲同工！以《根颂》致敬卢永根院士，以名字称谓的变化来写雷锋精神等，无不体现诗人较高的语言文字驾驭能力。

源头活水汩汩来，一枝一叶总关情。庄添明及时捕捉灵感，才有《你别跑》这样风趣幽默的爱情诗；《西塘情调》等注重比兴手法，起承转合前呼后应，注重节奏，讲求押韵，可歌可诵，朗朗上口，易于传播；通俗易懂，他写作，为老百姓代吟代歌，就务必让老百姓读得懂。不一而足，此不赘述。

中国人的写作，当然要为生民立命，为万世开太平。但切记，还要为天地立心，为往圣继绝学。天地的心和古往今来圣贤们的绝学，就是关心时政现实之写。要有所超越，不能停留在眼前一时一事表象之上，要有更本质更原在的元素，恒久而更具有艺术生命力。

笔者对庄添明其人约略了解，更多的是就诗论诗。一时拙见，愿与诗人及方家互鉴。

2020 年 6 月

目录

深圳之风 ··· 1

初冬，街头那一抹红 ··· 3

深圳商场，时代的影像 ··· 6

特区飞出无人机 ·· 11

天时地利，成就于特区 ·· 14

一只灰鹭注视着南方 ··· 18

森林公园掠影 ·· 21

雏鹰在飞翔 ··· 27

红薯情 ·· 30

荆州，深圳来了 ·· 34

醉美梧桐山（歌词） ··· 36

深圳，深圳（诗歌剧） ·· 38

 第一幕　溯源，鱼与花的爱恋 ····································· 39

 第二幕　拓荒：工程兵结缘城市梦 ····························· 44

 第三幕　攀登：深圳有多少个张梁 ····························· 50

 第四幕　关爱：最美的城市最美的你 ························· 56

 第五幕　姿势：深圳大步朝前走 ································ 65

生态之雅 ···································· 69
  欢迎回来,哈拉奇 ························ 71
  惠州　西湖　苏东坡 ···················· 76
  花卉典型评选 ······························ 78
  金钟花,春的使者 ························ 82
  在红花绿叶间前行 ························ 85
  编织绿意 ·································· 87
  阳台那盆桔 ································ 89
  山花应知人间事 ·························· 91
  我开始怀念山里 ·························· 94
  乡村,你好 ································ 96
  郊区的思虑 ································ 99
  美丽的朱鹮 ································ 102
  尚　湖 ···································· 106
  苏州十月香馥郁 ·························· 108
  常熟虞山行 ································ 110
  西塘情调 ·································· 112
  宣　誓 ···································· 114
  老家有个桐树坪 ·························· 116

岁月之颂 ···································· 119
  致意全新的 2020 年 ······················ 121
  雷锋的名字 ································ 124
  春暖花开怀海子 ·························· 128
  根　颂 ···································· 131

篇目	页码
《东方红》的新长征	134
天籁琴音	138
白居易，不容易	140
龙抬头的传说与祝福	145
幸福的小满	149
你别跑	152
等你来	154
舍不得	156
你就是奇迹	158
为了春天的约会	160
我对你充满了敬意	162
遨游在诗歌的海洋	164
美丽人生早上好	166
完美的一天（十四行诗）	168
两只馒头	169
文化衫的记忆	171
劝勤歌谣	173
别让谁都怕了你	175
怎么回老家过年	177
特别的思念	180
羡慕你啊，有妈妈	182
忆念父亲	184
楷　　模	187
点　　赞	189
等待编辑	191

印象星海 …………………………………… 193

品读鸥鸣 …………………………………… 197

二月河挽歌 ………………………………… 200

微诗一束 …………………………………… 203

脱贫感谢共产党（歌词） ………………… 211

后　记 ……………………………………… 213

01

深圳之风

初冬,街头那一抹红

初冬
乍寒还暖的广东
走过街头
惊诧于一抹红

十月的红海涛
渐渐退隐在秋的幕后
北风　邀请落叶叩谢大地之功
绿意　仍在树上眷恋葱茏
就在坚韧的绿植丛中
美丽异木棉
适时地亮丽其中
粉红色的上衣
蓝绿色的短裙
不长不短的腿
就这样站在绿灌丛中

温暖行人的目光
深情地告别秋　迎候冬

广东街头的初冬
岁月匆匆　脚步匆匆
红绿灯口
行人惊诧于木棉红
一时竟驻足未动
走吧，先生
回首　一面小旗
一件红马甲
提醒你再次启动
哦，一抹红
亮丽　丝毫不逊于异木棉
鲜艳　点点滴滴守护有功
环顾四周
人行道边　交叉路口
垃圾分类点旁
一时竟有许许多多一抹红
红绿灯口　交通引领微行动
交叉路边　志愿者有老有妇
最脏最暗的角落
也闪亮着簇簇红
与树梢上的异木棉
一样的美丽　别样红

初冬

乍寒还暖的广东
街头那一抹抹红
温暖着岁月时空
冲动着人们的冲动

2019 年 11 月 26 日
于上班途中

深圳商场,时代的影像

时在新中国 70 华诞之际
地处先行示范区创建之地
人群最为流动频密
物品最是万象云集
科技最为实用共享
服务最为细心周至
深圳商场
俏丽在花园城市里
定位在导航目的地

抚今思昔,苍茫万里
穿透炎黄志华夏史的传说
摇醒甲骨文青铜器的记忆
中国商业史
重如千斤宝鼎
厚似西安城墙

遥远的氏族社会里
先民在森林里劳作栖息
距今 7000 年前后的阳光
照在走出森林的先民身上
他们以石器加工顽石
平地夯基，修城筑池
造出了有城无市的模样
如此遮风挡雨 2000 年后
氏族变成了家族
群议变成了统治
修城之外增加了圈地占地
产品交换衍生了商品交易
城里有了市
市依城而立
古老的中华民族
呼吸了浓浓的市场空气
催生了质朴的市场经济

唐尧虞舜夏商周
多少个君王
制造了动人的传说
殷商，第一个有直接文字记载的王朝
商汤王定都商丘
盘庚王迁都于殷
洹北商城傲立于花园庄头
时时处处高扬商业旗帜
统治，压迫，抗争，压制

起义，平叛，诛杀，战斗
历史弥漫着滚滚硝烟
时代在大浪淘沙中颠簸
而市场，始终伴随着民生
在历史洪流里起起落落

新中国，一路走来历尽波折
曾经一穷二白让人等着看笑话
也曾经"一大二公"头脑发热
善治者因时而变
为民众因事而革
1979年蛇口的"开山炮"响过
工业区办起了职工小卖部
烟酒从香港进口
商品只卖给职工
凭证登记限量而购
两年之后
第一家免税品店落户蛇口港码头
集装箱改建而成
非出入境人员非请莫入
1982年的夏天
土地，干劲，市场与天气同热
蛇口购物中心全营进出口
开创性的意义在于中外合作
又是一年多之后
永安商场放开搞活
不再凭票供应的时代

奔涌着如潮水般的购物者
1984年秋
百佳超市揭开了新的序幕
开架售货，自选购物
大开了人们的眼界
拓宽了商品的销售
新世纪的千禧年头
沃尔玛来到了蛇口
头顶着世界500强巨头的光环
启动了深圳商业国际化的巨型火车

在此之后，风驰电掣
深圳商场如春风吹过
万树花开多彩多姿
购物广场金光闪烁
购物公园游人如织
中心城海岸城布局东西
万象城—海城便民而设
文教休闲旅游集于一体
美容健身理疗和睦相处
东门老街人头攒动
中信广场名品繁多
支付，如商品琳琅
服务，似春风轻拂
创新，在商场里碰撞
发展，在商场里展示
情感，在商场里交流

幸福，在商场里融合

深圳商场，时代的影像
历史深厚，历程悠长
而今再出发
走在新的征程上
民生幸福标杆的定位
创新创业创意之都的导向
必将引领着深圳商场
与城市共成长
与人民共辉煌

2019 年 10 月 30 日

特区飞出无人机

一尾巨鲸
在港珠澳大桥边腾欢跃起
那不是鲸
那只是 400 架无人机闪光的精灵
一只大鹏
腾飞在纪念改革开放 40 周年的夜空里
那也是无人机
800 架无人机自由飞翔在特区

自从渔村变特区
特区就不断创造奇迹
40 年前 33 万人的市区
成为实际管理 2000 多万人的国际大都市
200 多家世界 500 强企业纷纷落户
其中 7 家原本就在深圳冒芽崛起

进入新时代
旋停式无人机行业
又在深圳异军突起
产业规模超过千亿
消费级无人机在全球十有其七
"无人机之都"又成为深圳的新美誉

存在自有存在的合理
深圳结缘无人机尽享先机
碳纤维材料的加工能力
肇始于"三来一补"时期
钓鱼竿网球拍早已风靡
关键产业铝合金
也早就以手机外壳产于比亚迪
聪明的深圳人
从小家电过剩的产业中
淘出了特种塑料的好东西
无人机的电池电控和电驱
更离不开深圳的机器人和人工智能的高科技
何况粤港澳大湾区的历史自然分工中
深圳本就聚力于医疗设备和精密仪器

企业富有创造力
政府支持更给力
2009 年对伺服电机的鼓励
2013 年后对磁性材料研究的支持
5000 多万元的补助奖励

对于非共识创新的另眼高看
创造湿地效应的不遗余力
终于使特区飞出一批又一批无人机

从跟踪模仿到创新增长
从蹒跚学步到挑战无极
创新永无止境，特区尽显魅力
君不见无人机的服务在延伸
几乎横跨所有领域
军事情报的侦察
灾区数据的收集
不明区域的探测
烈性药物的喷洒
乃至防控疫情的值守
病毒取样的传递……
到处都有无人机的踪迹
到处都见无人机的威力

特区飞出无人机
特区成就了无人机
无人机使特区更凸显了创造力
深圳特区
正如海中大鲸
空中大鹏
遨游大海，搏击苍宇

2020 年 4 月 17 日于深圳

天时地利，成就于特区

或许有意或许无意

有意捕捉了商机

无意间勇闯特区

刘天就，成就于天时地利

遥想四十年前的深圳

远远没有宝安和罗湖的名气

那只是1931年民国政府

给深沟旁边村镇的铭记

罗湖一桥之隔两重天地

宝安居民食不果腹衣难蔽体

赴港耕作就不想回家去

有胆大者偷偷把柿子荔枝

换成意想不到的港币

逃港　迫不得已

打击　力尽精疲

惠阳和广东有开明领导

对边境线上的农副产品贸易
暗示默许
1978年宝安农民的腰包
如海水涨潮般悄然涨起
就是这蛛丝马迹
逃不过刘天就的敏锐嗅觉
当年初冬的一天
刘天就跨入罗湖
送来了第一单"三来一补"贸易
两地劳动力价格的差距
就是肥肉般的商机
从此，刘天就
香港妙丽集团的董事长
就经常往返深港两地

1979年，改革开放前夕
刘天就签约广东进出口部门
毅然投资把深圳皮鞋厂办起
八家工厂企业在他的脚下开启
1980年眼光瞄向酒店服务业
中国第一批星级宾馆之一
竹园宾馆的空调相当给力
但统招统配共吃大锅饭的机制
员工特别是背靠大树有底气者
想来就来想去就去照享福利
资本家看不下去决计从严管理
经理干部员工当然抵制

告状，协商，妥协，支持
刘天就催生了深圳企业用人用工新机制
部长经理与普通员工再没有不可逾越的藩篱
能上能下全凭表现与业绩
干与不干干好干坏区别天与地
工资标准一分为二
职业技术工资之外浮动着努力
不理解不作为的员工乃至厂长经理
直接就被老板炒了鱿鱼……
1980年刘天就还把资金投向了房和地
与深圳合作创办起新中国第一个商品房小区
东湖丽苑扬起了土地经济之旗
列宁同志的一句经典金句
开辟了深圳土地产出的新收益
……就这样，刘天就
凭着胆识　勇气　经验　能力
依着天时　占着地利
活生生把特区市场经济的第一个螃蟹
牢牢抓在手里　吞进肚里
唇齿留香　香气四溢
四十年后的今天
温哥华的寓所里
刘天就收到了特区大礼
有关方面授予荣誉
"勇闯特区开拓先行"
让95岁高龄老人笑眯眯
视频连线上健谈当年事

向当时被除名的李厂长温经理
伸出橄榄枝，一笑恩仇全泯去

刘天就，不愧为勇闯深圳的港商第一人
他以实践给特区市场经济助力
他以效益给企业员工以激励
他以改革给特区多种启迪
时值深圳特区四十周年之际
喜见前海梦工场里
粤港澳青年和谐竞技
香港再出发大联盟春潮迭起
谨向刘天就先生致意
祝愿更多的李天就王天就们
乘着天时地利
勇闯特区前行砥砺吉祥如意

        2020 年 5 月 12 日于深圳

一只灰鹭注视着南方

在深圳红树林公园徜徉
我惊诧于一只灰鹭
傲立于岸边　枝头上
注视着前边　南方

这只灰鹭
应该有兄弟姐妹无数
红树林里繁衍生息
闲庭信步　享受滋养
这位兄弟
或许是家长　队长
肩负着重任
看家护院　逡巡站岗
身后北方无虞
远有泰山黄河激荡
近有梧桐山　莲花山广场

目光　当然警视南方

这只灰鹭注视着南方
脚下　深圳湾波涛荡漾
这波涛　连着大湾区
连着南海　撼动着太平洋
这波涛　连着赤县九州
情系澳门香港
泛起莲花紫荆花的霞光
这波涛　恰似武士腰带
连着少林功与咏春拳
把民族气魄的庄严武装
这波涛　更似吉祥的哈达
连着九州　连着五十六朵花
传递着祖国母亲的吟唱

这只灰鹭注视着南方
站姿是如此不慌不忙
目光是如此淡定坚强
这目光　如高强度探照灯
穿过历史沧桑　洞彻维多利亚港
一切纤毫毕现眼底
蛇蝎虾戏尽在胸中收藏
这目光　如治病医疗的激光
必将炙死所有的病毒细菌
必将为受玷污的肌肤疗伤
这目光　又如父母的慈祥

一次次抚慰孩子的额头

一遍遍矫正心灵的航向

深圳红树林公园岸边　枝头上

一只灰鹭注视着南方　香港

目光如此坚毅

风云在胸中激荡

我分明看见

窄窄的海湾　涌动

磅礴的力量

2019年12月24日于深圳

森林公园掠影

步　道

深入林区自然美丽

呵护美丽自然心细

钢筋　会刺痛大地肌肤

水泥　会窒息大地呼吸

他山之石　小鸟不熟悉

不必了　一切取材原地

一切让森林动植物熟悉

一切让森林主体欣喜

山石不规则　组合排列

让森林的骨骼延伸延续

缓坡斜面　遇树绕行

让鸟兽珍禽漫步无虞

跨溪越涧　石间流泉

畅通一年四季

护坡固堤　原山原泥

本山乔灌站岗直立

一米步道一匠心

一条步道一精神

林间步道如丝带

丝带飘逸系林区

林区花木如少女

笑靥如花更艳丽

山竹遗疯

大自然会写诗

大自然也会演戏

平常　花开了演喜剧

果熟了　把丰收演绎

春雾夏云　朦胧情感剧

冬春红叶　红歌剧

特殊的日子

壮怀激烈　悲剧　荒诞剧

2018年9月16日

一个名叫山竹的疯子

以超强台风的名义

在深圳　在梧桐山肆虐

狂风大雨　撼不动骨骼

却伤了森林肌肤　四肢

有的树枝脱臼了

有的小树断了臂

五颜六色的花裙子

被弃置一地　零落成泥

树木花草颠沛流离
迎风景区满目疮痍……
痛定思痛
伤口　该清理的清理
创伤　该医治的医治
印记　却无法彻底抹去
那就让大自然书写历史吧
尊重　就从顺应开始
这才保留了这个迎风坡
让山竹之疯永远留下痕迹
留下警示　科考　和教育

自然教育

历史的长河大海浩渺无极
最好的传承是教育
人类最好的朋友是自然
惠民是最好的公益
有益的探索是自然教育

从城市到林区
感受攀登的勇气　目标
努力　成功之喜
纳一阵风
感受升高 100 米
气温下降 0.6℃的神奇
托一朵云
梧桐烟云的景致握在手里

望一湾海水

山海城林和谐在心里

捧一掬山泉

润透肺腑甜透心底

听一阵鸟鸣

心情与志向放飞在天际

看大树根系

赞叹森林营养师的魅力

赏一树繁花

惊诧于乔木花卉的艳丽

摩一个陨石

尝试与外星人的亲密

尝一颗野果

品味大地与森林的丰腴

细心观察花草虫鱼

大自然资源竟如此密集

用心绘制好观察日记

养成道法自然的志趣

来吧，朋友

君有凌云志　可上梧桐山

大自然　大教育

给成长　成才　成功

留下深刻的印记

森林抚育

亲爱的，谢谢你

是你们解放了我的四肢

注入了新鲜血液
还引进了不少姐妹兄弟

曾几何时
林场就是企业机器
投入人力物力原材料
就要产生商品经济效益
木材　燃料　果实乃至花枝
都曾换来银圆港币
后来更有矿产　松香　林地
都在市场上交易
效益　最大化最直接的经济
完全把森林的本职遮蔽
我们，梧桐山上的森林生态
就这样被遗弄被抛弃
藤蔓缠绕　我们被勒腰束脖
难以呼吸　难见天日雾雨
杂草丛生　把乔灌花卉蒙蔽
外种入侵　肆虐着薇甘菊
山崩石出　一些兄弟几乎丧失了立地
流离失管的我们
就这样　被勒紧　被缠绕
被挤兑　被遮蔽　被冲击

往事不堪回忆
不堪　终止于 2016 年冬季
改革　国有林场转型升级

经营型转向生态型
绿水青山就是金和银
清杂　解开腰身上的勒绳
疏透　让阳光雨露均沾
除害　有害生物无所遁形
夯基　让我们安身立命
严管　防火防盗　护林员常巡
补植　把同根同气弟妹引进
从此我们疏密有致　营养丰盈
我们乔灌藤草花鸟虫鱼
和睦相处　和谐相亲
组成梧桐山森林大家庭
各美其美　充分彰显个性
美美与共　携手奉献奋进

亲爱的，谢谢你
你是最美的公园人
你们是森林的守护神
我们下定决心
一定要把最好的生态
最清的清新　最美的环境
回报深圳　回报大地
回报热爱我们的每一个人

2019 年 12 月 4 日
于广东梧桐山国家森林公园

雏鹰在飞翔

眼光追逐太阳奔赴的方向
在中国西部的天空上
有一群鹰在扇动翅膀飞翔
那是一群曾经孱弱的雏鹰
在学步　在历练　在成长

难忘，那一双双圆圆的大眼睛
透着渴望　透着迷茫
同是大花园里的花木
感受的阳光雨露
并不完全一样
同样上学了
各有不同境况
家变　贫寒　疾病　留守
孱弱需要坚强的臂膀
幼小的心灵需要滋养

2005年的一天
周天华　偶遇朋友
感同身受　一议即合
西部雏鹰呱呱坠地了
助学，必须最接地气
借助，完全不同于施舍
扶智，须从尊重开始
反哺，爱的奉献在代际间传唱
就这样，雏鹰人
开始了爱心接驳
开始把关爱撒向湖南贵州
走访一个个山村
探看一户户矮房
擦干净一张张脸庞
燃起一个个梦想
一个个童真的笑容
又奔走在上学路上

天气无法永远晴朗
总有阴云雨雪风霜
留守　孤独　无奈　无助
砣一样沉重却无法称量
需要　就是雏鹰人的导航
期待　就是雏鹰人的方向
苏壮东　范广宇　胡光中　蒋剑烽
留守青少年训练营
倾听　沟通　转移　释放　敞亮

成为新时代公益助学的首创
暖冬大行动
让每一个山里的孩子
沐浴一样温暖的阳光
班级图书角
让幼苗摆脱网络的羁绊
共享经典国学文化的营养
公益就近化　助学家门口
岳阳服务队惠州联络站
相继亮相闪亮登场
雏鹰助学的旗帜
在西部　在南方
在山区学校高高飘扬
15年，1100多位会员
48个地市州
28000多名莘莘学子
雏鹰引领着雏鹰
爱心接续着爱心
大爱　写在祖国大地上

在神州辽阔的天空上
一群雄鹰在高傲地飞翔
硬朗的翅膀　坚定的方向
健硕的肌腱　雄健的力量
那就是　雏鹰助学人
矢志不渝孜孜以求的梦想

2019年12月8日

红薯情

报载：深圳大学向对口帮扶的省定贫困村和平县曲潭村订购近10吨红薯供应食堂，一举多得。乃作。

深圳大学，和平曲潭
300公里，19000多斤
关键词是红薯
连接线是扶贫
解决的是滞销
好路径是精准

红薯，曾经是舶来品
番薯的名号是明证
遥溯1593年
大明王朝出现了
中国历史上第一次人口井喷
番薯就是推动的功臣

战乱　天灾　疾病
三条缰绳把民众勒紧
闽籍过番仔陈振龙
偶然在吕宋岛附近
被一种藤根食物吸引
粗生，高产，甘甜，软糯
全身是宝，生熟可食
实在是充饥宝物　养生佳品
这就是番薯，这就可活命
可西班牙当局禁止出境
聪明的中国挑夫
就把种藤塞进竹筒扁担
或者当成宽松的绞绳
这才漂洋过海成功引进
朝臣得知一度推向全民
这才填饱了国民
振奋了精气神
番薯，甘薯，地瓜，红苕，山药，红薯
不同的名字　一样的美名

红薯有美名
民意直达朝廷
"不如回家卖红薯"
直接把庸懒散惰官员警醒
红薯有美名
非常时期　紧紧联接了

红军，游击队，义勇军
与百姓的鱼水情
红薯有美名
市场经济深加工
薯干　薯糖　薯粉　薯片乃至酿酒
城乡处处有身影，香诱人

红薯有美名
如今更动人
深大帮扶曲潭村
特产滞销愁煞人
精准到村深调研
采购两万斤
帮扶55户人
大学食堂设专窗
排队购买是扶贫
红薯香喷喷
温暖曲潭人
红薯甜滋滋
滋养时代情

天之骄子　脱贫人群
红薯一线联系紧紧
300公里不远
19000多份真心
小小红薯　殷殷真情

温饱功臣的美名
第一次成网红
再一次被刷新

2019 年 11 月 14 日
于惠名艺术公寓

荆州，深圳来了
——深圳援鄂第二支医疗队队员风采录

荆州挺住，深圳来了
就在情人节花香弥漫的时候
我是队长易黎，誓让疫情远走

我年龄最小，我爱秀发飘飘
经历过汶川地震之痛的钟玲
隔断病毒，愿把秀发献给荆州

曹慧敏最爱先生的理解支持
我要把深圳的鲜花与必胜的信心
带给姐妹兄弟，带给荆州

我终于如愿了
张佳佳第二次报名终于成行
炽热的心早已跳动到了荆州

……17 名队员，只有一个心愿
40 年来不忘"两个大局"的嘱托
今天我们报效初心报答荆州

十七勇士高擎医德与深圳旗帜
一定会给莲花山和春秋阁增光添色
特区已准备好迎接凯旋的歌舞

2020 年 2 月 15 日

醉美梧桐山（歌词）

君有凌云志，
先行勇登攀，
梧桐山醉美，
激荡深圳湾。
春来百花开哟，
花开凤凰来，
城市文明树典范，
金山银山绿如蓝。
啊，醉美梧桐山，
巍然屹立南海边
笑看风云护人间。

君有凌云志，
示范勇登攀。
梧桐山醉美，
美在作标杆。
发展新高地哟，

开放新格局。
中华民族在复兴,
敢闯敢试旗帜艳。
啊,醉美梧桐山,
新时代大鹏再腾飞,
中国梦展现好梦圆!

深圳,深圳(诗歌剧)

序诗

深圳新貌全景。
幕后音:

A男:
深圳,深圳
牵动多少人的梦魂
激励多少人的勤奋

B女:
深圳,深圳
多少奇迹在这里诞生
多少情感在这里滋润

A，B出，合：

深圳，深圳

多少目光在这里聚焦

多少智慧在这里井喷

A男：

我站在深圳湾畔

面朝大海深情地询问

B女：

我登上梧桐山顶

叩谢着山川草木风云

A男：

从罗湖关到深圳湾

从渔村小镇到特区大湾区

历史烟云滚滚

B女：

从笔架山到莲花山

从闯出一条血路到先行示范

深圳人激情奔涌

第一幕 溯源，鱼与花的爱恋

A男：

深圳，深圳

深圳的历史有多厚重
深圳的长河有多深远

B 女：
改革者说
深圳已经走过了四十年
风华正茂好青春

A 男：
新石器的原住民说
百越人 6700 年前
就在这片土地上刀耕火种

B 女：
南头古城大鹏古城开了口
1700 年的郡县史岁月不蹉跎
600 年的古城墙沧桑斑驳

A 男：
爷爷的爸爸告诉我
圳就是村落边田野间的深沟
1931 年深圳镇设立在民国

B 女：
考古学家翻山越岭细探询
从一朵花一尾鱼的化石里
弹出了亿万年的深圳之歌

背景转换，黑白底色，深圳旧貌。插播鱼化石和花化石及考古图片。

A男B女下，C男D女上。两位小朋友饰演花和鱼。

D女：
一尾鱼　一朵花
亿万年来默默地恋
悄悄地爱　静静地化
窃窃私语　不离不弃

C男：
这尾鱼是如此的灵动
虽然寿高已达两亿年
鱼鳍依然似在翕动
鱼鳞依然微微颤颤
最是那看不够的鱼眼
一直盯着鱼子鱼孙们
如何地冲破混沌
如何地游历苍冥
又是一次次如何化险为夷
一次次蜕化　进化　演变

D女：
这朵花真是常开不败
她出生在侏罗纪
盛开于沧海桑田

段先生们考古论证后断言

现已灭绝的本内苏铁

现代被子植物的起源

锁定在中国岭南　深圳

C 男：

威廉姆逊尼亚

你竟如此栩栩如生

花形是如此的完美

花瓣是如此的清晰

深圳第一花

侏罗纪海岸

掀开古生物史　一篇又一篇

献礼世界海洋中心城市的创建

D 女：

太阳的光辉滴水可见

深圳的历史渊源

在一尾鱼一朵花上呈现

她们似乎漠不相关

其实却是紧密依恋

C 男：

鱼肯定恋上了花

游过火山熔岩

穿越板块裂隙

终究难舍大鹏湾

D 女：

花也一定听懂了鱼的耳语

要不怎么会笑得如此灿烂

开得如此率真恣意

而且 亿万年来不离不弃

C 男：

观鱼鱼在语

赏花花嬉戏

鱼之语花之美

全在你我心里

D 女：

大湾区的风格外爽

示范区的天特别蓝

此时此地

你看

这尾鱼又向花游去

这朵花又笑靥迷离

C 男：

你听

鱼对花诉说着绵绵情话

花告诉鱼

千秋万代海不枯石不烂

咱们坚守这方土地　不离不弃

C 男 D 女，合：

咱们坚守这方土地　不离不弃

幕后群声：

坚守坚守，不离不弃……

第二幕　拓荒：工程兵结缘城市梦

幕后音，群声：
　　坚守阵地，不离不弃
　　坚守阵地，不离不弃
　　坚守阵地，不离不弃

幕启，汪政委，田团长带领工程兵驻扎在竹子林。雨夜油灯下，研究"找米下锅"等事宜。

田：
　　汪政委，今天又没找到米
　　如此下去，我们团的日子真难以为继
汪：
　　老田辛苦了，回顾咱们团走过的路
　　相信没有我们吃不了的苦
　　我们拿下了多少硬仗
　　建设了多少机场
　　机智敏捷的铁军就不信在特区没有市场
战士甲：
　　报告团长，我们1000多人52000多元的家当所剩无几了
田：
　　知道了，特区饿不死大家的
战士乙：
　　报告首长，小王的枕头下又钻出了一条蛇，真可怕

汪：

　　啊，上回只在被窝里呀

连长丙：

　　我们时刻准备着进军工地，可我们没有机械啊

田：

　　没有枪，没有炮，我们自己改装制造

　　实在不行，我们就用手提用肩挑

连长丁：

　　首长好，后天哈尔滨姑娘小于就到了

　　小徐的婚礼在哪办呢

汪：

　　竹子林，竹子林

　　竹叶宾馆天然成

　　咱们就给小徐小于来个竹林婚礼

　　我相信于姑娘嫁给我们工程兵是真心

后勤班长：

　　首长，我们是不是真要搬到狮岭山脚啊

　　下午我去看了，那里全是石头

　　小山头哪有什么营地啊

汪：

　　我们的营地就在还不是地的地方

　　要不怎么叫我们拓荒

群声：

　　拓荒，拓荒，拓荒

　　这是我们基建工程兵的使命

　　这是我们基建工程兵的战场

　　战场，战场，战场

哪里有硬骨头的工程
哪里就有我们基建工程兵的智慧和力量

B女：
回顾我们这支中国军队史上最短的兵种
短短17年，我们劳武结合能工能战威名扬

群声：
能工能战威名扬

A男：
我们献身航空工业的基本建设
啃巨石，开洞口，建机房
蚂蚁啃骨头，一直向前闯

群声：
向前闯，向前闯，向前闯

B女：
资金紧缺，环境恶劣
我们省吃俭用，斗酷热，抗湿寒，战雪霜
群声：
披荆斩棘，一仗接一仗

C男：
机械不足，技术落后
我们用人力，用手提，用肩扛

我们集聚智慧，改造机械，技术改良

群声：
集体有智慧，团结有力量

C 男：
我们进军高难度的大工程
我们是一支担当重任的精兵强将

群声：
担当重任，精兵强将

D 女：
贵州 170 厂 80 号厂房
直接关系国产飞机的质量
高压电作业，异性屋架的安装
考验着我们的技术与担当

群声：
关系质量，考验担当

C 男：
任何工程的生命都是质量
我们通过自检、互检、交叉检
比进度比技术比质量

群声：

生命就是质量

D女：

难忘修建韶关机场

老虎拔牙是智慧与勇气的较量

我们把善于改造机械的好传统光大发扬

群声：

发扬，发扬，发扬

A男：

难忘军旅生涯最后一场硬仗

南头直升机场的攻坚克难与提前收场

我们把铁军的军歌在特区唱响

群声：

唱响，唱响，唱响

A男：

如今来到了特区，转型成了市政工程的中坚力量。

B女：

放下久久不愿放下的致敬军旗之手

我们不找市长找市场

C男：

国内工程吃不饱，我们远涉重洋

赴约旦拿下包工包料的马鞍玻璃厂
中国工程兵大受赞扬

D女：
深圳老街边的建设路
见证了基建工程兵能打硬仗
民工队修不好建设路
我们先除污泥再回填砂石，平整结实
我们分连分段包干，清理疏通臭水沟
应该算是1980年深圳最早的河长

A男：
深南大道从小到大在不断延长
我们为特区开山修路建工厂

B女：
最高楼宇从3层到20层，还要继续往蓝天生长
我们为深圳建设城市和公园广场

D女：
我们用青春和血汗筑成了深圳奇迹

C男：
我们用初心和使命擦亮了世界眼光

B女：
我们成就了国贸三天一层楼的深圳速度

A 男：

我们创造了世界近 5000 个经济特区中的第一强

群声：

我们为特区拓荒

不断拓展的城市

拓展着我们的希望

我们为圆梦前行

不断延伸的大道

延伸着中国的梦想

第三幕　攀登：深圳有多少个张梁

幕后音，合：

我们的希望，中国的梦想

攀登世界高峰，深圳人当仁不让

请看，攀登路上走来了张梁

插播张梁登山镜头。

B 女：

你说你原本叫张良

后来变成了张梁

从此爱上了山岗

恋上了攀登

迷上了峰梁

A 男：

　　从此你的双腿虎虎生风

　　一次次登上了洲际最高峰

　　从此你的生命长了翅膀

　　一次次飞越人类的终极梦想

合：

　　致敬，张梁

C 男：

　　致敬，张梁

　　敬你心中不灭的梦想

　　遥想当年你倾诉渴望

　　肯定吓坏了妻儿

　　想必惊慌了亲娘

　　但你攀登的心在蓬勃

　　你征服的胆在成长

　　从此，你秉承夸父逐日的壮志

　　从此，你脱胎换骨扬帆起航

D 女：

　　致敬，张梁

　　敬你刷新了徐霞客哥伦布的目光

　　2018 年 6 月 7 日

　　新时代新征程的号角已经吹响

　　你登顶北美极顶迪钠利峰

14 + 7 + 2 人类登山探险的皇冠

稳稳戴在你的头上

"世界登极顶，中国第一人"的荣誉

让你代表中国云彩飞扬

A 男：

致敬，张梁

敬你一次次生命的丈量

每一次出发都无怨无悔

每一次攀登都是生命的回响

B 女：

最需记取的是理性的较量

2015 年 3 月 24 日的安纳普尔纳峰

"8000 米中的 8000 米"路上

你们翻越几乎垂直的冰壁

已经成功登顶在又一座高峰上

A 男：

但下撤时向导的深夜迷路

芬兰队员的突然滑坠

队友体力的严重透支

登山队陷入了慌乱迷茫

B 女：

唯有你的清醒

"we are man"的呼唤

"wake up"的凄怆
终于唤醒濒临崩溃的意志
终于靠着最后一点顽强
在高峰黑夜坚持7个小时后
终于迎来天边一片希望之光

A男B女，合：
放弃，就是一瞬间的事
坚持，才能延续一辈子的荣光

C男：
致敬，张梁
敬你从征服到敬畏的感想
18年，35次的攀登
26座雪山的峰顶风光
你被人记住了登顶的荣耀
却说放弃的艰难最不该遗忘

D女：
"我非常热爱雪山
但我更热爱生命。"
安纳普尔纳峰的曾经下撤
印证了理性睿智的力量
比征服更重要的是敬畏
亲近自然融入自然的勇士
更是保护自然和谐共生的榜样

A 男：

致敬，张梁

敬你年届五十从高远转向浩荡的胆量

你不愿停下腾飞的翅膀

甚至不愿放慢跨越的畅想

B 女：

2012 年，正值祖国迈入新时代

你的人生又另起一行

你的目光从山梁转向海洋

从深圳到三亚 48 小时的首航

你吐得一塌糊涂却清醒爱上了海洋

C 男：

"泰王杯"帆船赛的亮相

"大西洋巡航赛"的横渡

百慕大帆船赛的夺冠

你的生命恣意发挥

你的追求洒洒洋洋

炎黄子孙的优良基因

焕发出追逐梦想的磅礴力量

D 女：

致敬，张梁

敬你"探险有极，公益无限"的新思量

身处南极之巅

你情系生态环保

捐助崇左的生物多样性

援助汶川地震灾区

你把珍贵无比的北极石献上

C 男：

挑战巴楚——大漠胡杨双人越野赛

你身体力行了"微爱巴楚，运动援疆"

功成名就乐与大众分享

你更主动鼓起公益的风帆

注入大爱无疆无私奉献的正能量

B 女：

致敬，张梁

敬你永远热爱祖国和故乡

你踏遍地球和七大洲之巅

亲朋只接不送

赤子之心跃然纸上

A 男：

你征服高山与远洋

沿途播撒真善美

你向世界大声宣布

深圳是我最可爱的故乡

A 男 B 女 C 男 D 女，合：

致敬，张梁

你在新时代踏出了新征程

把深圳精神与民族旗帜高扬

你情系九州投身公益

唱响了共圆中国梦的华丽乐章

B女：

瞧，这就是深圳人张梁

其实每个深圳人

都是如此的敢拼敢试敢闯

A男：

是深圳的力量

成就了张梁的梦想

是深圳的乐章

融入了张梁的弹唱

A男B女C男D女，合：

深圳有无穷无尽的源动力

创新创造了无数个张梁

无数个张梁的攀登精神

助推深圳的示范先行乘风远航

第四幕　关爱：最美的城市最美的你

幕后音。

A男：

深圳，魅力之城

深圳，关爱之城

B女：
关爱，犹如海韵清风无处不在
关爱，"益呼百应"展开博大胸怀

A男：
来了就是深圳人
女B：
深圳人时时处处展风采

画面展示城市公交场景。

C男：
2019年的一天，深圳公交司机王付山行车途中突发脑卒中，为保众人安全，他顽强坚持紧急停好车。乘客及路人等对王师傅紧急救治。事后，王师傅一直寻找、想要面谢好心市民。

A男B女C男D女，出。

D女：
不用找了，王师傅
答案就在这里
最美的城市里
处处都有最美的你

A 男：

天有不测风云

人有祸福旦夕

2019 年 11 月 28 日

那一刻

刻下了你和市民

深刻的印记

B 女：

深圳巴士　西丽社区

距离到站　仅有 50 米

你突感不适　天旋地移

情况万分危急

C 男：

你用顽强武装意志

你用大爱拼命搏击

减速　靠边　停车

拉下手刹，开启双闪警示

疼痛中无比清醒

怎么样也要公众安全无虞

D 女：

你沉重的步履

还要迈向三角警示牌

多年操劳的身体

却突然倒地，昏迷……

A 男:

　　在这暖冬季节里

　　你比阳光更温暖给力

　　在这簕杜鹃异木棉绽放之地

　　你比红花绿叶更加美丽

B 女:

　　这一刻钟的努力

　　换来许多人一生的福气

　　这一刻钟的壮举

　　喷发这个城市长期的蓄积

　　在这个美丽的城市

　　你就是最美的公交司机

C 男:

　　天有不测风云

　　人有友爱大义

　　就在你昏迷之际

　　友爱之花向你汇聚

D 女:

　　拨打120，立刻救治

　　脱下衣服给你保暖

　　地铁站拿来救命设备

　　紧急响应应急

　　生命持续接力

从乘务员到乘客

从路人到医护

没有旁观者

全都在参与

全员，全面，全力

一切为了你

一刻钟后

你终于到了深大总医院里

又是一场紧急诊断救治

你终于度过了危险期……

A 男：

这一刻钟的努力

换来你幸福的下半辈子

这一刻钟的善举

喷发的是文明城市的魅力

B 女：

你用一刻钟，回报

最美的城市

城市用这一刻钟的义举

给最美的你以慰藉

C 男：

啊，王师傅

你是最美的公交司机

我们生活在最美的城市里

奉献　齐心协力

感恩　真诚美丽

D女：

躺在病床上，面对媒体

你不愿多谈自己的事迹

却总说要寻找热心市民

感谢当时的义举

盛赞他们的善意

王师傅，不用找了

你看

群声：

莲花山的伟人目光如炬

深南路的车流川流不息

梧桐山的金钟花灿烂无比

深圳湾的海浪声永不停息

前海自贸区茂盛着琼楼玉宇

先行示范区的速度正加快提

来了就是深圳人

深圳文明城里有我有你

到处都有志愿者的足迹

到处都有义工们的活力

你要找的人

就在最美城市里

就是千千万万个你自己

A 男：

千万个王师傅就是千万个善举

善举一呼百应汇成了深圳关爱之城

群声：

中华文明博大精深

优良传统薪火传承

日行一善善作善成

积善之家必有余庆

深圳，正在身体力行

画面转换成 2020 年元旦罗湖公园公益健步行场景。

B 女：

2020 年元旦，寒风轻轻

轻轻寒风挡不住市民善心

市区领导走在前头

党员干部　企业代表在跟进

罗湖，休闲公园里

又一项公益行动在启动行程

互联网结对公益

又约上了健步行

迈开了第 5 个年头　第 17 届的

公益关爱善行

C男：

　　在此之前　成千上万志愿者

　　累积了5000万公里的行程

　　兑换了公益善款6000万多元

　　受益者超过上万个家庭

D女：

　　在这个城市里

　　没有本地佬和陌生人

　　来了就是深圳人

　　同事同行同区同城

　　都是自家人　一家亲

A男：

　　一家有困难　万家把善行

　　万家皆行善　汇成关爱城

　　步步行善，梦想先行

　　每一步捐赠的步数都是善心

　　步步行善，公益一呼百家应

　　腾讯益行家联合悦动圈和众多基金私企

　　报业集团挽起文体旅游局和各区街社区

　　为爱行走，组成强大公益矩阵

　　七大行动　串起关爱的珍珠项链　亮晶晶

B女：

　　慰问值得感恩的人

　　温暖回家探亲的人群

　　让在深过年者不会孤寂

文化福利如阳光照进门庭

C男：
　　网络公益益市民
　　志愿服务点对点
　　栩栩如生　光彩照人

D女：
　　2020年时值特区不惑之庆
　　关爱无微不至　1366项活动将举行

A男：
　　40年40人，带动千万人红动鹏城
　　让最美深圳红传递下去
　　让爱心红舞台无限延伸

B女：
　　醉美夕阳红红了二度春
　　爱心红土地献出真实诚
　　在这个关爱之城
　　处处洋溢关爱情

C男：
　　回家过年，深圳义工伴你行
　　过年留深，爱心年夜饭春节团聚房已免费为你铺陈
　　精准扶贫，和平县曲潭村的红薯在深圳大学饭堂里飘香诱人
　　区域协作，深汕合作区一步步引领结对帮扶的创新

群声，合：
　　上善若水，莫因善小而不为
　　深圳爱心"益呼百应"
　　千万里善行，始于足下之行
　　行稳致远，深圳砥砺示范先行

第五幕　姿势：深圳大步朝前走

幕启，屏幕显示莲花山邓小平铜像广场及习近平手植树场景。

A 男：
　　从站姿到走姿
　　改变的只是一个姿势
　　却改变了中国
　　也改变了世界的局势

B 女：
　　在深圳，莲花山上
　　纪念伟人立铜像
　　据说曾经有设计方案
　　总设计师小平同志
　　巍然屹立在东方
　　后来，有智者提议
　　伟人固然屹立
　　精神永远在路上

他一路走来，历尽沧桑
果断决策，改革开放
于是有了小平大步向前的铜像
目光炯炯有神
步履坚实铿锵

C男：
这个步姿，伟人的步伐
曾经驻足莱茵河畔
曾经踏过百色右江
曾经越过雪山草地
曾经踩过惊涛骇浪

D女：
这个步姿，也曾受伤
在二十世纪的中国舞台上
正直耿爽睿智的身影
三次遭遇封杀　乃至下岗
但即使在江西农场
依然天天踏在小平路上

A男B女C男D女，合，群声：
小平　伟人中的伟人
笑对个人沉浮云卷云舒
一生只为民生大局鼓与呼
"我是中国人民的儿子
我深深地爱着我的祖国和人民"
行动比语言更加响亮

B 女：

1980 年春风和畅

他果断把一个圆圈

在南海边画上

唤醒春天的故事春潮浩荡

D 女：

1992 年令人心潮荡漾

他来到国贸大厦旋宫上

再次校准社会主义中国化的航标

迅速改变了中国和世界巨轮的航向

A 男：

今天我们在小平铜像前细细瞻仰

微笑　绽放在伟人脸庞

他坚持贯彻毛泽东思想

实事求是终结"两个凡是"的乱象

C 男：

他及时为中国把脉开方

坚持以经济建设为中心的总纲

他清晰辨识清风浊浪

严打与教育两手一样强

B 女：

他坚持外交原则不卑不亢

香港回归圆我民族梦想

他带头退休,设立顾委

传好党和国家领导集体的接力棒

D女:

他给白猫黑猫松绑

人尽其才各施所长

他告诫深圳特区和全国其他地方

互相支持两个大局好戏连场

A男B女C男D女,合,群声:

小平,你好

深圳正在变成你和人民所期望的模样

保持永远向前的中国

日益健康自强

就在小平铜像之侧

喜见新时代领航人手植树

蓬蓬勃勃　茁壮成长

莲花山下　特色示范区

正大踏步先行在强国富民路上

梧桐山下,大鹏湾畔

处处响起勇于攀登高峰

敢于示范先行的歌唱

男高音出,演唱《醉美梧桐山》。可配伴舞。

02

生态之雅

欢迎回来，哈拉奇

2019年10月28日央视新闻：哈拉奇湖干涸近300年后重现甘肃敦煌。

你好，哈拉奇
欢迎你迷茫流浪三百年后
重新回到了敦煌母亲的怀里

曾几何时，敦煌之西
库姆塔格沙漠卧榻之侧
赫然静卧着你娇美的身躯
向东
伸手接纳疏勒河的碧波
向西
吐纳成敦煌西湖的呼吸
整整5平方公里的壮阔哟
成为最长倒流河的归宿

成就大河西流入海的皈依
或许，如此的湖海壮美
才能成就
敦煌洞窟千年的奇迹
才能造就
张掖一个个千年遗迹
哈拉奇，你是大自然的娇女
滋润着神州西北的大漠
富饶了华夏文明的壮丽

300 年前，
何以走失了哈拉奇
钩沉甘肃，扼腕叹息
在这片雍凉之地上
周人在庆阳挥汗崛起
秦人于天水肇基游弋
诸葛亮羽扇纶巾六出祁山
明清设三司五府九州统治
就在 300 年前
康熙大帝的马蹄
冲着噶尔丹的弯刀踏去
及至亲征完胜
似乎将休养生息
一茬茬的红顶蓝翎
眼睛只向上
腰肢朝东鞠
足迹，也只限于

拉卜楞寺、千佛洞等胜迹
更有那
花园口的狂涛
大炼钢的火焰
狂躁了西垂腹地
哈拉奇啊，睡美人
铁蹄惊扰了你
枯骨刺伤了你
官吏漠视了你
苍生顾不了你
你只有忍痛逃离
你只有含泪流浪去

时光荏苒，岁月不居

是铁锤砸烂了桎梏

是镰刀割断了愚昧

甘陇大地蓬勃了绿色生机

各民族大团结的共鸣

震塌了藩镇割据的藩篱

科学发展的春风

共享了塞上江南的旖旎

金山银山的呼唤

激活了敦煌西湖自然保护区

甚至，2017年2月

对兰鑫钢铁违建的歼击

更唤醒了沉睡的陇原大地

抖落一身的百年尘埃

崭露全新的矫健身躯

容光焕发的哈拉奇啊

你又回到了母亲的怀里

欢迎你啊，哈拉奇

微风吹过

碧波是你盈盈的笑意

小鸟飞来

歌声是你殷殷的心迹

蒹葭苍苍

花儿是你悠悠的情意

伊人云集

游客是你亲亲的闺蜜
欢迎你呀，哈拉奇
你的回来
诠释了自然法则
你的回来
印证了执政规律
你的回来
激励了奋斗足迹
你的回来
坚定了砥砺目的

欢迎你啊，哈拉奇
欢迎你走出迷茫回归故地
欢迎你带着更多兄弟姐妹
回到新时代的梦乡里

2019 年 10 月 28 日于深圳

惠州　西湖　苏东坡

活就活得恣意洒脱
走就留下无尽的传说
多少年之后，多少人
爱吃荔枝和红烧肉
爱上西湖与惠州
都是因为爱上了苏东坡

大江东去
淘不尽千古英雄气魄
百米苏堤，如金腰带
牵引摆渡西新村民的生活
衍生出千年不变的
为民颂歌

六如亭下的墓志
铭刻如露如电的朝云

回响高士知音的鸣奏
达，我愿伴姐侍奉左右
谪，我愿独随相濡以沫
三十四岁的芳躯
愿为你化蝶守候

到了惠州
绕不开西湖
到了西湖
更多的人更爱苏东坡

2019 年 10 月 4 日于惠州

花卉典型评选

我们在梧桐山公园建了一个群
成员全部来自森林
花草树木　飞鸟珍禽
群主呢　应当是护林人
一年一度评先进
成立评委会　评出花卉典型

梧桐山上山花烂漫
谁最持久迷人
簕杜鹃报了名
我一年能开三四次
一次持续一两旬
野牡丹不让仁
我一年开一次
一次开三季　行不行
评委愁煞人

簕杜鹃是市花是使者
野牡丹是贵宾是客人
反复讨论有结论
本地花　簕杜鹃　花期最长
外来客　巴西野牡丹　花季冠军

元旦春节喜气盈盈
谁最富丽　谁最喜气
毛棉杜鹃盛装而临
乔木枝顶花团锦锦
头顶百朵千朵似绒如棉
独树如云成景　连片花海迷人
花朵丝线吊芙蓉
当之无愧　富贵花王
吊钟花开袅袅婷婷
圆柱细枝分布随性
粉红翠绿玉自成群
自家评出四大美人
晨霞　惊鸿　铃儿　素心
流光溢彩步态轻盈
最奇花朵新年怒放
宛似倒挂金钟
簇立枝顶
与高中谐音
多少年来迷煞港澳大湾区人
喜庆花皇　金钟花荣膺

就在这当儿　花树上下有花音

身材不高的映山红

革命年代护红军见红心

不畏严寒瘦瘠　盛放山林

成为井冈山的花卉代言人

如今也是梧桐山的网红

评委夸指　最红花星

旁有红花荷　大姐穿绿裙

头顶大吊钟　风过似响铃

虽不争名誉

不能亏待老实人

一锤定音

红花荷　最美花神

梧桐山上花木繁盛

小灌小草一样迷人

评委转过身

小心　可别碰伤小寿星

原来是棱果花　小小花枝

饱满蓓蕾　白里透红

正像寿桃迷人　与众不同

哦　棱果花　以祝寿花仙命名

评委抬起脚

别踏我　行行好

别看我矮小匍匐如蛇形

小小白花　全草是宝

清热解毒　利湿通淋

消炎退肿乃至治蛇毒
我的功效一点都不少
评委齐声赞　好
蛇舌草　保健花灵

森林公园郁郁葱葱
评委当得并不轻松
万物有其功用
共襄生态大功
群主说　不须评了
各有其所　名副其实
和美与共　其乐融融
群内一片欢呼　圆满成功

2019 年 12 月 7 日作

金钟花,春的使者

古老民族想象力无限
天上人间,王母生宴
肯定是在春节附近
要不　这花仙子
怎么闻到春风的脚步
就一个个　次第醒来

来不及盛装
来不及打扮
趁朝阳还在海边
趁百花还在沉睡
金钟花仙子
首先醒来

提着灯笼
款款而来

一盏，两盏，三盏，四盏
一处，两处，三处，四处
直到满山遍野
到处都是金钟的姐妹
深红，翠绿，粉红，玉白
四种主打的色彩
或许　对应着东南西北方位
或许　对应着春夏秋冬四季
但不管如何
一律高挂枝头
传递春的消息
发出王母生宴的通知
春来了
各位花仙姐妹
快点起来
你看　棱果花丛中
蟠桃快熟了
马上举行生日盛宴

而在粤港澳大湾区人心目中
金钟一响，黄金万两
这万千金钟齐鸣
一定是上亿人十几亿人
又一年的财源滚滚而来
而在贡生研究生看来
金钟高挂枝头
不正是金榜高中独占鳌头么

一树十几个钟密密匝匝

正像一区一州自治地区

多民族的和谐共处

哦，金钟花

中国新年花

你这春的使者

你这龙族信使　天庭花仙

提着灯笼照亮万家

敲着金钟送福而来

温暖　光明　健康　团结

财源滚滚

逢考必中

正在拉开两个百年大计的序幕

正在发布

中华民族　早已合格

团结进步再出发

所有考试　成绩优秀

写于2020年广东梧桐山国家森林公园
第二届金钟花会开幕之际

在红花绿叶间前行

我们在红花绿叶间前行
阳光　明媚在头顶
蓝天　呼唤着白云
党徽　闪亮在胸前
豪情　在脚下延伸

心情　一度起伏不平
沧桑　写上梧桐山历程
曾经　肩负站岗重任
防范　穷则思迁逃港之人
林场　成为边防辅警
效益　流水在厂内店前
三来一补　一度左右收入的行情
生态环境　一度自生自灭地放任

2016年　深化改革之风

把林场和梧桐山一并吹醒
生态保护　是办林场的初心
环境优化　是务林人的使命
生态产品　森林公园的秉性
自然教育　公园承载的责任
重任在肩　再重也要奋进
砥砺前行　当然风雨兼程
摸家底　测量尺测绘仪驻足林区
深论证　天南地北聚集专家高人
详规划　生态环境可持续先行
精施工　清杂抚育选种加引进
强基础　公路步道平台护栏服务求精
办花会　三花一树盛装登场亮丽人群
开课堂　让自然生态文明理念深入人心

如今　我们经常在梧桐山上穿行
党员在行动
群众在响应
高高擎起党旗团旗队旗
引领着藤草灌乔有序蓬勃
呵护着花鸟虫鱼美美相亲
我们在红花绿叶间前行
周边　绿水青山就是金银

2019 年 12 月 28 日于惠州

编织绿意

仔仔细细　专心致意
犹如播种在自留地里
步履交替　轻重有序
我们的足下绿意迷离
不是农作物
我们一样侍候精细
干事就要对得起自己
不纯粹靠力气
精准而干见缝插绿
笃定实干才会有效益
我们把生态情
密密填写在六角砖的缝隙里
我们把公益心
殷殷写在森林公园的赏花区

风过处

云朵　把我们的理想

带上蔚蓝的天际

春来时

小雨　把我们的韶华

浇灌得更加亮丽

阳光　已灿烂在金钟花枝头上

美丽　正含苞在杜鹃花蓓蕾里

要问我们在干什么

树上的小鸟会告诉你

步道上的"中国心"会提示你

我们在编织绿意

我们在营造亮丽

我们在耕耘中圆梦

我们在绿色中崛起

2020 年 1 月 12 日于深圳

阳台那盆桔

小小的阳台
小小的盆桔
硕果累累
枝叶翠绿
给人欣喜
给人激励
欣喜的是健康活力
历尽冬寒而不凋
经过风雨而不糜
犹如英雄的武汉
更似浴火的凤凰
重生，腾飞强大的伟力

盆栽绿植的激励
在于和谐与适宜
不过湿不过燥

不弃置不过溺

享受阳光雨露

自有勃勃生机

正如基础教育

正如人际关系

适度，美在不偏不倚

小小区域大世界

小小的盆桔

茂盛着匠心理趣

草木尚知报春晖

人生，不须扬鞭自奋蹄

2020 年 4 月 26 日于办公室

山花应知人间事

风儿轻轻晃动花讯
阳光轻盈跃上山岭
我们步履轻轻
叩问森林公园的芳径

报春的吊钟花哪去了
去年浪漫的十天前,步道边
只见到探头窥视的哨兵
而今,本该灿烂茂盛
却也只见零零星星
还略显疲惫
似乎还未睡醒
莫非,花神也已谢客自闭了
或许,也奋力支援去了江城

梧桐花开 / WU TONG HUA KAI

走走停停，拾步登临
好在观景台上有风景
天，醉心的蓝
海，波光盈盈
彩色的码头不时有笛鸣
枫香树开出了红色的嫩叶
前来为金钟花助阵

远景近景，景随人心
蓝天下，风过处
毛棉杜鹃吸引了眼神
本是三四月执勤的富贵花神
却已紧挨着吊钟花
努力绽放出友爱和信心
再看我们附近
一大盘鲜艳的小寿桃
叽叽喳喳轻舞低吟
原来是棱果花
小小的花蕾团结得紧
那就是耀眼的星星
正如江城，正如民心
虽有疫情肆虐
更有八方来助众志成城

步换景移步步高升
茂林树梢小鸟欢鸣

山花应知人间事

春天，或许迟了点

终究会降临

2020 年 2 月中旬

我开始怀念山里

有些传说是真的
比如　距离产生美
离开不久　我便开始怀念山里

山里的山才是山呢
开门见山满眼翡翠般绿
乔灌秀发密密匝匝
三山国王欣然驻跸（注1）

山里的水很神奇
无论山有多高总有泉眼相依
泉水甜透心底温泉热情四溢
细溪深潭常与鱼虾嬉戏

山里的民俗很有趣
无米粿与工夫茶讲潮汕话

细粄与擂茶用客家话私语
小庭院里喧闹着三四种语系（注2）

山村的环境像时装靓丽
大家闺秀与小家碧玉各显旖旎
污水处理厂成为风景区（注3）
大瀑布轰鸣在游客梦里

山里的县城就是都市
豪华车中档车农用车一起赶集
夜宵档与彩虹桥彻夜不休息
山里的人很争气
蒲公英般飘向世界各地
回来时像星月熠熠辉耀夜空里

怀念　总是因为别离
常在一起　不一定会珍惜
身居都市　我常常怀念山里

注：1. 三山国王是粤东一带传说中的三山神，《永乐大典》可稽。

2. 粤东山区半山区常常一家五六人，母语语系分别为客家方言、闽南方言、粤方言、湘方言等，普通话也已广泛普及。

3. 乡村振兴，焕然一新。粤东乡村普遍实行了雨污分流，污水集中处理，并结合公园广场村民活动中心而建，各具特色，蔚成风景。

2020年2月21日于深圳

乡村，你好

小鸟唤醒了周末
阳光跃上了树梢
风从海边吹来
一路撒下湿润与妖娆
人在阳台
心在乡野
此时此刻
乡村的景致一定很好

高速路穿过检测站后
会逐渐缩小
一级景观大道穿越路灯岗哨
会连接县乡通道
路灯杆会过渡成晃伞枫盆架子
火焰木会举起烛光
一直照亮到村头巷角

偶尔，会有灰白色的飘带
一头握在高速路口
一头飘向半山腰
城市的巨人壮硕健美
乡村布满神经末梢
穿城的河流大动脉澎湃
毛细血管里小溪在奔跑
晨昏云雾缭绕
恰似防护乡村健康的大口罩

此时此刻
测量乡村的体温一定很好
冷酷已渐行渐远
酷热还未来到
南国乡村春正好
藤草喜欢亲吻赤脚
小灌伸手拉住你的枝条
香樟木小叶榕不断延伸触觉
小苦笋在竹林里探头探脑
润楠伸出红酥手把你招
映山红炫耀春来早知道
红木棉与风铃木对镜比妖娆

此时此刻
休眠一冬的流泉苏醒了
约上鱼虾叮叮咚咚敲打山的键盘
发来音频视频文件把客邀

村里的小食店小茶馆解冻了吧
炸豆角包菜粿功夫茶热气袅袅
香味儿成为宝马奔驰摩托车电动车共同的导航目标
村庄的前庭
一块块水田印制出蓝天白云的美照
小广场边,三五个孩童
手举肥皂筒与蝴蝶一起吹泡泡
乡村在蛙鸣声中入梦
村民在晨舞曲中起早……

哦,乡村,你好
我们一定会步着风的引领
我们一定会沿着路的脉络
我们一定会循着血的热流
我们一定会踏着春的鼓点
敞开心扉,加快奔跑
拥你入怀,紧紧拥抱

2020年3月15日于深圳

郊区的思虑

非常时期重要呼吁
先投给你请速处理
收到了吗请回信息
主编好吧怎么回事
你知道吗我在等你

不好意思我在郊区
信号不好刚读完毕
尽快安排谢谢支持

应时应急连夜奋笔
为民健康防疫而呼吁
发给一家平台等待处理
三催四促终于有了信息
哦，郊区

郊区，郊区怎么了
信号怎么就不如意
位置偏僻地广人稀
成本偏高覆盖不及
主营机构总会有万千理由
似在释疑，但请别忘了
人民中国人民网络
为人民服务必须全心全意
晚上主编去的地
不可能是野外
（野外都要尽量有传递）
那就是乡村，村民聚居地

郊区，自有郊区的价值意义
古来兵临城下
战与和何从何去
威名与屈辱决定在郊区
新中国和平站立起来
筹备赶考也在西山郊区
如今北上广深杭大都市
皆为创新设计智造高地
产业转移　后勤供给
乃至水源空气，尽在郊区
没有城市　就没有郊区
没有郊区　城市何靠何依
精准脱贫都已深入边远偏僻
乡村振兴更是花开遍地

何以　信号不好还眷顾郊区
郊区　实在不该只是郊区
郊区　实在应该成为娇躯和骄区

2020 年 2 月 20 日

美丽的朱鹮

身披洁白的飘逸长袍
头戴艳红的皇冠宝冕
黑油油的玉笛衔在嘴角
漫步林间田边
大树高枝垒巢
甚至飞翔,也如绅士
缓缓地鼓起长羽
慢慢地起步飞跑
鸟中的东方宝石
日本皇室的圣鸟
朱鹮,你是如此的美丽
如此的潇洒逍遥

曾经,你的家族人丁稀少
少到几十年上百年踪迹渺渺
直到1981年5月

陕西姚家沟的树林里
刘荫增　和他的同事们
终于把你的种族找到
宝贵的 7 只野生朱鹮鸟
分界了人类漫长的寻找
从此，北京动物园
成为你们家的保育院
德清繁育基地
就是你们家族的城堡
鸟类专家们，则成了
助产士　营养师和保健医生
成长路上，一个都不能少
稀世珍禽，繁衍成 2000 多只
让世人侧目，拍手叫好
中日携手，构筑你们迁徙的通道
自然保护，让候鸟留恋成为留鸟
林边湿地，是你们放心筑巢的宅基地
丰腴稻田，为你们囤积粮草

人类的亲善，和谐的生境
让你们放心把美德打造
朱鹮勤劳
白天整天把食物寻找
浅水沟　稻田里　烂泥中
黑色长嘴不断伸向深处
直到发现食物捕获目标
朱鹮和睦

情愫随春暖花开而来

佳偶天成一起产卵筑巢

梅雨时节乍暖寒峭

夫妇亲鸟轮流把仔蛋拥入怀抱

为夫者胆气豪

挺胸保卫领地不容敌扰

如此整月，蛋破天惊，雏鸟出壳

亲鸟夫妇又是轮流照料

朱鹮无私

为把雏鸟育好

总把食物搅碎再吐出

喂养

甚至　让性急的雏儿

把长喙伸进嘴来

痒了，甩甩脖子

疼了，也不忍把食物吞噬

生存经验千万条

总把育雏当成第一招

朱鹮如师

为父为母总不放心孩子

即使能够飞翔离巢了

亲鸟依然要在营巢近处

培养觅食劳作的技巧

直到培训合格考察优秀了

才让孩子飞得更远更高

美丽的朱鹮

你何止是鸟中的宝石
你更是大自然的骄傲
你岂止是潇洒逍遥
你更是真善美的写照

2019 年 12 月 18 日
于惠州培训期间

尚　湖

参观常熟虞山尚湖，主人介绍传说姜太公曾在此湖钓鱼，故名。我不揣浅陋，作诗以疑以圆。

伊人逝千载
湖水泛金光
是子牙垂钓湖吗
渭水文王作何感想
应是太公养晦韬光
坐地成湖天地滋养
美丽的附会并不牵强
岁月，不仅仅刻下皱纹
奋斗，才可能成就梦想

尚湖命运沧桑
崇尚人定胜天时
欲将湖区变粮仓

害虫，从天而降
林木，不斫而亡
大自然的报复
加倍成双
止痛，始于 1985 年
尚湖正名，不再尚粮
规律，如日月星辰
科学，是雨露阳光
碧波荡漾几十年
环湖摇曳鱼米乡

尚湖尚自然
尚湖者风光
拥抱虞山成佳偶
牵手城乡梦桂香
分明尚父巡故地
笑逐湖水金波漾

       2019 年 10 月 18 日
       于尚湖归来大巴上

苏州十月香馥郁

无须寻寻觅觅
无须深深呼吸
金秋十月　苏州城区
全被桂花香气馥郁
目力所及，道旁院里
一树树可爱细碎的金银
一簇簇闪烁在秋阳里
无可逃避，无须刻意
整个城市在花香里呼吸
我们穿行在花季
该送什么花给你
香城送香已显多余
花季不送又太痴愚
就在此时　拙政园前
一位衣着素净的老阿姨
蹒跚着一盆茉莉

洁白细致，淡雅香气
密密匝匝，以手环联系
满满氤氲着祝福与希冀
无须老阿姨开口
无须咨询好价格
我决定送你一环茉莉
不与金桂争馥郁
又为香城添清气
红袖添香之余
又对辛勤作慰藉
苏州十月，满城馥郁
我为你送一环茉莉

        2019 年 10 月于苏州

常熟虞山行

虽说没有高声喧哗
依然会惊醒名人
山不在高,有名则灵
水不在深,依山而名
虞公的卒葬
莫非已预知了千年沧桑
言子的驻足
显然已乐见今日的辉煌
山水入画　流泉琴音
虞山派在此肇始繁衍
城在湖光山色中
人与自然共安宁

不想高声语
动指轻点赞
生态毓成文明

山水自成金银

游走森林公园

沐浴千年文化传承

虞山神人醒

当惊时代新

2019 年 10 月

西塘情调

窄窄的巷子
弯弯的道
长长的小河
巧巧的桥
密密的客栈
潮潮的招

黑黑的屋顶
白白的墙
老老的店铺
甜甜的糕
艳艳的花儿
绿绿的草

高高的夜空
亮亮的星

柔柔的歌声
轻轻的笑
美美的涂鸦
红红的国旗高高飘

"船说"中
伍子胥胆气豪
退隐了
也要把村庄建好
地久天长
劳苦功高
民众总是忘不了
胥塘故事成为民谣
喜今朝
乡村振兴如金桂香风
吹遍每一个巷口街角
新时代的西塘
家家开门迎嘉客
年年岁岁进财宝

2019 年 10 月于西塘

宣 誓
——西溪题照

千年香樟树下
清清西溪河边
捧出一颗红心
宣言墙下，我宣誓
自从认识你
我就爱上了你
自从爱上你
我就告诫我自己
无论风霜雨雪
不论白天黑夜
走遍天涯海角
即使沧海桑田
我义无反顾爱着你
自从爱上你
我就克制我自己

宁可自伤也决不伤害你

日夜呵护珍惜再珍惜

决不允许别人伤害你

我要和你在一起

心心相印和谐共生

生生世世生生不息

大自然啊

你是如此可爱和美丽

教我怎能不珍惜

我将永远爱着你

    2019 年 10 月 20 日于西溪湿地公园

老家有个桐树坪

老家有个桐树坪
高高的山岭密密的林
爷爷说，山上有老虎大蟒要吃人
所以山上才有庙和神
山里人虔诚旺了二三百人丁

老家有个桐树坪
高高的桐树上桐籽棱角分明
伯父说，桐籽榨油可卖钱
桐树当柴火好送人
可惜大队民兵营管得紧

老家有个桐树坪
一夜间迁走了全村三百村民
叔叔说，我们承包了山和水
种茶养鱼发电站，山水变白银

老家有个桐树坪

村民回来把老房子修葺一新

表哥说,承包到期了还是集体经营

日出日落山花瀑布都羡煞城里人

桐树花开蜜蜂辛勤蜂蜜甜醉人

        2020 年 3 月 9 日

03

岁月之颂

致意全新的 2020 年

2020 新年快乐,新年是什么
在元旦大广场上,我思索

新年啊,你可以是一列火车
驶过立春雨水等二十四个
闭环站口
又重新出发,从春到夏
从夏到秋……乘客有上有下
但无论如何,你一定会
驮起我五千岁的母亲
给她唱一路笑语欢歌

新年啊,你可以是一位导游
你有 2019 次丰富的经验
你熟悉三山五岳四海五湖
一定会安排好春夏秋冬的驿站

安排好陆海空的行程
让我中华民族大家庭
畅游地球乃至月球　宇宙

新年啊，你应该还是圣诞老人，赐福高手
你把健康　财富　平安　快乐
送给地球村的每一家每一户
当然不会遗忘东方的五十六胆大家族
让我们同奔富路
一个都不会少　不会拖

新年啊，你应该还是辛勤的老师
一定会以高分激励勤奋
一定会以幸福奖赏奋斗
也一定会以你的苦口婆心
与严管厚爱
管束教育好调皮犯错的孩儿

新年啊，你更应该是一位画家
一位歌手，一位舞者
在十二个特区新区自贸区
二十四个广阔的舞台上
描绘九百六十多万平方公里的壮美
唱响新时代中国特色之歌
舞出伟大复兴中国梦的欢乐

啊，新年，祝你快乐

无论你是什么，我都希望
你无私地发酵三百六十五个快乐
酿出七十亿瓶醇厚香醪
醉美地球村的亲人朋友
而我十四亿兄弟姐妹的快乐
将给我五千岁依然青春靓丽的母亲
带来健康的体魄
送上幸福的花朵

2020 年元旦于深圳

雷锋的名字

向雷锋同志学习
1963 年,毛主席挥动大手
在神州大地撒下一把种子
雷锋精神就蓬蓬勃勃
雷锋的名字就光辉闪烁

雷锋原名雷正兴
贫苦的父母寄望他振兴家庭
不幸生在 1940 年的旧中国
不满七岁成孤儿历尽了亲离家散的艰辛

1949 年后终于上了学读了书
共青团员一度成为雷锋新的名
坐上新中国航船一路顺程
高小毕业就是望城县的社员
当上了拖拉机手无限荣幸

1956 年县委选才时碰到了书记张兴玉
雷锋从此甘愿做一颗永不生锈的螺丝钉
1958 年鞍山钢铁厂南来招工
雷锋走着山路去应征
为了攀登高峰，把方向看得更清
雷正兴改名为雷峰
立志报国当工人
偏远艰苦的弓长岭焦化厂难调人
雷锋又是第一个报了名
老工人说，大炼钢铁要出金和银
雷锋就把雷峰改成雷锋
表明勇当工人先锋的决心
1959 年 12 月，部队到工厂来征兵
雷锋为报国很快报了名
可他身高 154 厘米，体重不满 100 斤
好在老红军余新元有伯乐眼
雷锋彻夜难眠欣喜若狂参了军
从此一心一意为人民
抗洪抢险走在前，七天七夜奋不顾身
有空就帮战友洗衣服缝被子
给老乡送膏药捐出积攒的 100 元
工作在运输连有了新名字叫驾驶员
最破旧的汽车依然百般爱怜
安全行车两万公里
依然成为节油标兵

雷锋出差 1000 里，好事做了一火车
做好事已经成为好习性
短暂的 22 年，雷锋一生很多荣誉在身
雷锋早年是诗人
《如果你是一滴水》至今很感人
雷锋曾经是工人和解放军
3 次先进工作者
5 次红旗手，18 次标兵
一生工资大约 1400 元
大多直接献给了人民
雷锋当战士
还把本溪路小学的校外辅导员来兼任
不论雷锋干什么
永远对同志对人民春天般热情

2018 年在抚顺
领袖娓娓讲述雷锋的故事
号召雷锋精神永远要传承
新时代的蓝天丽日更宜人
雷锋的名字不断更新
时代楷模，改革先锋
道德模范，科研标兵
雷锋精神的内涵更传神
劳模，义工，志愿者
国士，工匠，传承人
更有今年的白衣天使，抗疫勇士
最美逆行人，巾帼之星……

全都是雷锋的新姓名

雷锋精神人人可学
奉献爱心处处可为
雷锋就是最闪亮的姓名
雷锋就是最美的中国人

　　　　　　　　　　2020 年 3 月 5 日于深圳

春暖花开怀海子

面朝大海,春暖花开
正如床前明月光中的李白
又似大江东去前的苏轼
一句诗或许成就了正果
31 年前,25 岁,5 封遗书
诗与思的才华横溢在山海关前
铸成多少
诗友编读永远的灸痛
只刻下一个深深的符号:海子

再次浸染在这首 14 行诗中
心灵震撼着疼与痛
幸福的内涵与外延
脆生生地如隧道贯通

幸福其实很是自然轻松

喂马劈柴无关经典之辩
关心粮食蔬菜古来如此
偶有余力就可周游世界
至于那一所心中的房子
无须豪华，不事装饰
面朝大海就是敞开的胸怀
春暖花开无须预定购买

幸福其实在感受和分享
闪电般的幸福感可以流传很久
关键在于有亲人，有通信
甚至只要是人，都可以去倾诉
朋友圈里晒不烂打不湿的
都是幸福的月光星星和春风

幸福其实不分彼此
每一条河，每一座山
两不相厌就可以长久对视
陌生人的灿烂
有情人终成眷属
都可让博大的心富足

海子的心永远面朝大海
海子的怀年年拥抱春暖花开
因了知足感受，因了博大包容
海子
一定行走在幸福的国度

值此又一年春暖花开
人类又一次命运多舛
再一次诵读海子，感念海子
愿与你，我的亲人，朋友乃至不同
国度不同肤色的陌生人
一起去感受，去分享
活生生的幸福

根　颂
——致敬卢永根

姹紫嫣红
最美的花由绿叶托衬
浓荫泛绿
最好的树叶茂根深

你不是一棵树
却长成高达千尺的树形
港岛的优越你不留恋
内地的孱弱你不嫌贫
1949 年入党立愿
一切为了民族复兴
移居广州，从此乐业安居
扎根南粤，从此越扎越深
你不是一朵花
却比任何国色天香更迷人

几十年的科研

你把野外考察当成必修课

佛冈野生稻故地

至今烙下你拄杖研究的身影

7000多种的水稻资源，33个作物新品

你用稻花与丰收滋养全国人民

你不是一片绿叶

却用奉献编织大爱的绿荫

"先党员，后校长"的理念

凝聚起华农大的振兴

"多干一点，少拿一点"的坚守

激励着万千师生的拼搏奋进

生活简朴　简单甚至吝啬

几十年如一的木沙发铁锈床绑绳椅

服务主人如主人一样忠诚

而奉献的爱　却是那么大那么常那么彻底那么真

西装皮箱可以送给贫困的留外生

几十个存折　880多万元

毕生全部的积蓄

亮丽成华农大的基金

你说，这些钱来自祖国

必须还给人民

直至，最后一刻的捐助

完完整整地献上了身和心

卢永根

你其实更像大树发达的根
深扎在九百多万平方公里的沃土上
吮吸着五千年灿烂文明的精气神
胸怀着更高更大更上进的心
滋养出花团锦簇硕果诱人

啊，卢永根
你是新时代最可爱的人
你就是一个平凡伟大的人
平凡，一如九千万中的普通一员
伟大，还在不赶赴隆重表彰的功名
我们相信，丰碑自在人心
我们坚信，精神永远茂盛
华农大校园内外
莘莘学子在缅怀中奋进
音频视频微信里
你发达的根系在延伸，延伸……

《东方红》的新长征

当《东方红》遇上了长征
两者便一见钟情一往情深
握手,拥抱,推送,入轨……
迸发出响彻宇宙的强音
中国拿到了世界上第五张
进入太空俱乐部的通行证
新中国震撼世界的长征
又加入了航天报国的西昌人文昌人……

1970 年在"长征"名字诞生的"礼州会议"旧址
从大漠戈壁转战而来的一群人
与四川大凉山一起
开启了逐梦航天的新长征
钱学森 1957 年的倡议
中国空间技术研究院同人的拼劲
"东方红一号"人造地球卫星

乘着"长征一号"运载火箭的翅膀
一跃飞出人类航天史的新纪元
在近地点441千米远地点2368千米的苍穹上
擘画出漂亮的椭圆形
"东方红，太阳升"的乐音
飞播着亿万中国人的信心豪情
数百年的轨道寿命
从此开启了中国航天人的新长征

长征不怕山高路远险恶环境
中国航天人的长征一步一个脚印
1970年12月
横跨安宁河的长征桥
靠着3000名施工队员87个日夜奋战而成
从此铸就了航天报国航天强国的信心
1984年4月，"东方红三号"与"长征三号"结伴而行
36000千米，再次把地球同步轨道的高度纪录刷新
标志着航天人的长征又开启了新征程
2007年8月，新型航天发射场落户海南文昌
航天人长征中的二次创业转向海岛椰林
2007年10月，"嫦娥一号"秀出美丽身影
第一颗绕月探测卫星再次震撼世人
那如月皎洁的光辉
点亮西昌"月光之城"的美名
2016年，航天人放飞"长征七号""长征五号"
火箭运载能力进入国际先进
中国人向航天强国大踏步挺进

2017年11月开始的25个月
中国航天人18次发力
璀璨星空中又多了30颗北斗导航卫星
又一次把全球卫星系统的组网速度刷新

东方红式的新长征
一程接一程
失败中战胜失败
困境中走出困境
胜利中乘胜前进
2018年12月,"嫦娥四号"直抵月球背面
月背上率先刻下了中国脚印
嫦娥奔月已走出了典籍传说
吴刚玉兔桂花树周围
活跃着中国身影
即使在新冠肆虐的庚子之春
中国航天人
一边在战疫,一边不停太空迈进
三次航天发射任务圆满完成

东方红,太阳升
中国航天人的新长征
一次次沐浴阳光雨露的滋润
建国初期,毛泽东号召
"我们也要搞人造卫星"
改革开放时邓小平发令"向科学进军"
2016年,党中央

把 4 月 24 日设立为中国航天日

2020 年 4 月 24 日，习近平给"东方红一号"的老科学家们回信

新时代号召弘扬"两弹一星"精神

伟大的祖国是火箭卫星飞船的强大内劲

东方红式的新长征必将迎来航天强国的盛大光明

2020 年 4 月 26 日于深圳

天籁琴音
——祝贺中山大学"天琴"计划多次成功测量地月距离

天有多高
自古以来把人类困扰
炎黄子孙智慧勤劳
义薄云天　义比天高
后羿紧跟夸父
追着太阳奔跑
嫦娥深知躬行重要
亲力亲为走一遭
大圣最不信邪了
丈量不准直接把天宫闹
墨夫子精于算术
一部《墨经》首先发表
历尽沧桑日月如常
终究未能精确测到

飞天的梦想世代缠绕

美俄抢先　登月探道

鲲鹏一飞九万里

不信国人做不到

于是有了罗俊院士们

有了中大"天琴计划"

立足10万公里高的地球轨道

竖起三盏明亮的灯塔

接纳月球5个明镜的回照

臂长17万公里的等边三角里

回旋着空间引力波信号

就是这束束激光

亮过神灯　快过羿箭

铺装出地月两站的极速通道

测量出嫦娥飞过的水远山高

就是这束束激光

以银河为琴　以星星为键

奏出天籁之音逡巡云霄

共鸣人与自然的知遇之交

就是这束束激光

以自信为柱　以和谐为道

铺设人类命运相连的大桥

通向大同世界的浩瀚美妙

2019年12月20日

白居易，不容易

活在大唐时期
名动《全唐诗》
李杜各自不容易
何以唯有白居易

猜想祖上为君起名
不是有暗示
定然藏玄机
老诗人顾况不忍打破砂锅
只以"长安米贵"来激励
好在有　原上草离离
折服写入长者的笑意

白居易　原本可容易
世敦儒业　中小官僚家里
哪有什么大学生供不起

高价补习琴棋书画都可以
可恨那徐州战乱
父迁宿州符离
十一岁　家道中落
失所流离
走出了围墙
脚下　碰到了坎坷
眼中　触痛了苦凄
但在心里　隐约了民意

白居易　顺境也容易
公元806年　秋阳真美丽
初入进士及第
次授翰林学士
再任官左拾遗
忠言直达天听
诗人好不惬意
或许意乱神迷
或许死谏乃文官职责
一时上书过密
一时于朕无礼
也许越职言事
也许有害名教
八九年后，可谓凄风苦雨
官贬江州司马
此后一再贬谪
代宗再无须问政听计

白居易　真的不容易

尽管不容易
诗人自有韬略小计
在其位　为所为
尽力而为　问心无愧
即使少傅贬为苏州刺史
依然挂念民生疾苦
疏通七里山塘河
灌出当地仓廪实
营造七里山塘街
至今世人称白堤
白居易　把不容易改写为乐天意

尽管不容易
诗人更需担道义
君王或不听
民众有所需
歌诗合为时为事而作
诗人报国自有如椽之笔
卖炭翁　冷暖透彻人世中
秦中吟　讽喻酒酣气益振
现实主义，深深扎进市井村居
又何必夸张　幻想　虚构　诳语
琵琶行　新乐府
一改盛唐诗风　深入到底

白居易　真的不容易

长恨歌　是绕不开的垛口

你站在马嵬坡的城墙口

侃侃悲歌　究竟想诉说什么

汉皇重色求不得

是否讽喻重色者易亡国

春宵苦短不早朝

是否就是安史之乱的前兆

天长地久恨无期

是否是对悲凉之爱的嘲笑

洋洋洒洒的诗句

循回反复的手法

前开先河　后启来者

白居易的隐喻　讽喻

如暴雨前的雷电

撕开旧诗坛的暗夜

似黎明前的曙光

照彻中唐乃至全唐的时空

白居易是否真容易

唯待后贤慢斟细理

追寻他的足迹

撩开诗的神秘

总会有所得　有所启

不疯魔不成活

诗魔不疯不是魔

长恨歌不就是长恨么

惟歌生民病　愿得天子知
忠君与爱民
始终是真诗人的品格
报国与劝世
从来就是诗歌的职责

2019年11月23日于惠州

龙抬头的传说与祝福

二月二，龙抬头
理发师傅为一个个祝福梳理着
我则在心里和笔端
梳理着传说与祝福

传说中，天上人间礼义至周
天子必须每年祭拜天皇老儿
年年岁岁祭祀不能辍
智者千虑失之一过
某一个年头
皇帝或许政务太多
或许饮宴过了头
却把祭祀大典忘记了
这可惹恼了玉皇大帝
勃然大怒，指示龙王
降罪人间三年干旱五谷难收

万民悲苦万村萧瑟

龙生九子，中有一子青龙者
不忍百姓无辜受罚
怜悯之下爱心大发
普降喜雨滂滂沱沱
滋润了百姓田头与心头的沟壑
村村寨寨又响起了丰收的锣鼓
玉帝闻讯，雷霆震怒
重罚青龙巨石压头
龙王求情稍动隐恻
除非金豆会开花
青龙才能有出头
传到人间，百计难筹

话分两头，这边厢
五谷丰登粮豆满仓
家家都把稻菽晒上了场
骄阳下，黄色的豆子
金灿灿，闪金光
有民间智叟，眼前一亮
这不正是金豆么
怎么让它开花呢
一帮诸葛亮
几次商议到晚上
肚子一饿，炒两盘黄豆
哔哔哔，霹雳响

黄豆露笑颜
正是金豆开了花
赶紧动员全员上岗
家家炒黄豆
金豆开花满晒场
虔诚供牺牲
叩请天上玉皇
一而再，再而三
终于感动了玉皇
御赐青龙抬起头
协助龙王
值司人间雨雪风霜

这一天，正是人间二月二
从此传说滋润千百载
万民称颂青龙好大王
美丽的传说，美好的祝福
如久旱甘霖惠泽山川草木
年年岁岁消灾降福
天上人间共享平安快乐

而今岁逢庚子
无端疫情肆虐荆楚
牵引八方精力
伤我英雄勇士
阻击战总体战正酣
到了最吃劲的时候

青龙啊,你该抬头了
大吼一声,震碎病毒虚伪的新冠装束
大踏两步,捣毁病毒狡黠的源头老窝
大吐三斗,强力消杀或隐或现的毒魔
大舞高歌,还我中华朗朗乾坤太平盛世

二月二,龙抬头
美丽的传说,美好的祝福
让我们在传说中祝福
在祝福中创造新的传说

     2020年2月24日,农历二月初二日

幸福的小满

小满小满
江水渐涨麦粒渐满
凤凰花艳绿叶成荫
生机重现渐成盎然

二十四节气是个大家园
小满排行第八
正是青春渐丰满
鼓足蓬勃的干劲
却不必着急绽放灿烂
犹如邻家少女的热恋
走过了青涩完成了试探
情窦初开娇羞最甜
最美的微笑在睡梦里
最甜的幸福荡漾在彼此心田

小满是报恩

春晖春雨挣脱了寒冷的羁绊

热情热烈叩开了夏日的大门

最好的报答是成长

桑嫩蚕肥应和着溪流潺潺

最美的感恩是奉献

瓜果稻麦亮出丰满的心愿

小满是期愿

传统历法智慧满满

有小暑大暑，有小寒大寒

唯独小满之后未见大满

原来是寓意着谦受益满招损

幸福最美在小满

知足常乐，永远胸怀进取心

虚怀若谷，海纳百川

心有一片金黄的麦浪

眼前便是丰收的田园

小满小满，爱意满满

今年邂逅520

"我爱你"的寓意不一般

我爱奔腾的大河

我爱巍峨的高山

我爱悠久的历史

我爱博大的自然

我爱伟大的祖国

可爱的人民情原英雄好汉

满怀爱意爱亲友
满怀深情著诗文
满怀大爱爱人类
命运相连手相牵
但愿幸福小满通天下
人间处处绽欢颜

2020年5月20日时逢小满

你别跑

你别跑
自从有过青青草
自从有了山海恋
山泉便一意奔大海
海风便始终把山绕

你别跑
行程塞不满你的行李袋
手机装不下你的感情包
牵挂与被牵挂
一个都跑不掉

你别跑
即使跑遍客天下
仍然跑不出亲情岛
就是身在天涯海角

依然心系家里的老和少

你别跑
我们都已渐渐变老
再难得浪漫轻快的腿脚
我们都该学会享受争吵
只有真心关爱才会有烦恼

你别跑
表达了跑
我们已知道
要跑就快跑回来吧
真爱倚在门角敞开了怀抱

2019 年 8 月 7 日作

等你来

你说过要来
我就一直在等待
天一亮　我就打开门
怕你　在门口徘徊
风铃响　我就探头望
却只嗅到　又一枝兰花在开
夜深了　你还没到
我就使劲地猜
你一定有更重要的事
一定是忙不过来
但我坚信
明天　你一定会来
所以　我托月亮
照亮你的写诗台
我让风
轻轻捎去我的期待

今天　你真的来了
好高兴啊
月亮　终于圆了我的期待
好欣慰啊
你还带来了一篮子诗笺
满满的都是思念和挚爱

舍不得

蓝天舍不得白云
即使被灰尘染黑了
那也是自己的女儿
于是派出雷电追逐
终于引发泪水滂沱

绿叶舍不得花朵
即使被蝴蝶拐走了
那也是自己的乡愁
于是奋勇脱离枝头
终于共同为大地母亲守候

幼苗舍不得苗圃
即使离开了故园
依然牵挂着故土
于是再次植入大地
终于长成了参天大树

舍不得时别不舍
舍不得处或有得
舍却了姹紫嫣红
才会有累累硕果

2019 年 11 月 9 日
于惠名艺术公寓

你就是奇迹

别说自己没成就
别怨命运不争气
你，就是奇迹

发于高山石隙
穿过丘陵平地
汇入榕水珠江
上善若水正如你的足迹
你澎湃在大湾区
你弄潮在大海里

生在深山里
长在瘠薄地
花开不耀眼
种子却乘风飘进了闹市区
正如一棵相思树

把故土镶进思乡梦
用智慧在都市里栽桃育李

别怨来路坎坷
别怪时运不济
把日子过成感恩
把感恩变成励志
把励志化成进取
你我都是奇迹

为了春天的约会
——贺友人新年诗会

为了赶赴这个春天的约会
我带来了夏的热烈直率
储蓄了秋的成熟丰盈
更汲取了冬的冷静与智慧

为了盛开的绚丽多彩
我饱饮清清的长江之水
调和着阳光的七色光源
把三山五岳精心描绘

为了欢聚的激情澎湃
我婉拒了弦歌酒宴
辞却了休闲野炊
只安安静静地沉思积累

为了这次春天的盛会
我请溪水弹奏小鸟高歌
礼赞生命的瑰丽
在淡淡的花香中沉醉

2020 年 1 月 10 日

我对你充满了敬意

犹如学生时期
老师总是先觉先知
我总把疑问当成敬礼
好像拜会前辈
尽量把事实说成传说
总是把进步当作奇迹
犹如欣赏戏剧
过程中入了迷
依然惊异于结局
正如亲友赌了气
佩服先伸出了橄榄枝
惭愧于自己不够大气
你让我油然而生敬意

你像高山
不辞抔土巍然屹立

你像大海

接纳百川潮落潮起

你像商场

琳琅满目来者不拒

你像网络

敞开门户川流不息

你的高度深度厚度广度

乃至温度气度

总是让人仰止闻止

我对你充满了敬意

2020 年 3 月 9 日

遨游在诗歌的海洋

我汲取着诗经风雅的滋养
我沐浴着仓颉神农的阳光
我站立在新时代的跳台上
我纵身跃进诗歌的海洋

屈夫子给我兰芷芳香
曹子建助我洛神之光
李谪仙醉我浪漫气息
杜诗圣启我民众思想

回首蹉跎岁月
我致敬所有的过往
砥砺新的征程
我感恩壮丽的朝阳
致谢阳光雨露
我播放长歌短章

激励幼苗茁壮

我用心让花雨绽放

走过城市村庄

我把嬗变歌唱

拜谒红土胜迹

我把初心擦亮

承继着厚德载物

延续着源远流长

朝着两为三精的方向

我遨游在诗歌的海洋

2019 年 11 月 4 日于惠州

美丽人生早上好

鸟声啄破夜幕
海风扯出朝阳
金色的早上好
便铺满起伏的海港
和连绵的山岗
小草大树与鱼虾一起醒来
唤醒无数花儿　次第妖娆

早上好
好在手机的问候里
开机犹如打开生日礼盒
或者圣诞礼靴
玫瑰　百合　咖啡　清茶　笑靥
神秘与诚意从四面八方涌来
发出的祝福灿烂友谊
收到的问候滋润生活

早上好

好在晨练的倩影里

不一定挥汗如雨

美在自觉自励

不一定相约聚集

贵在天天坚持

流逝的是时光

收获的是健康

或许还有毅力　友谊

早上好

好在关爱的情意里

一杯热水　一碗热粥

就能灿烂家人整天的心情

一句你好　一次让座

春风便伴随人生左右

浇浇绿植花卉

分类捡投垃圾

和谐自然　自然美丽

早上好

美丽的人早上真美好

美好的人生

就从早上起步奔跑

2020 年 4 月 28 日

完美的一天（十四行诗）

早起，自然有了充足的休息
梦境，断断续续慢慢补齐
晨练，不慌不忙力所能及
学习，积分到了无分可积
工作，思路达成了共识
现实解决了几个问题
交际，来往了几个信息
久违的陌生重返熟悉
业余，写了一两首诗
最好发表了收获了赞美
业绩，不计较得失
更不急于统计
晚上，一杯小酒迷离回忆
嫦娥不小心来到了梦里

2020 年 2 月 11 日

两只馒头

夜深了,放下笔
肚肠似在哼小曲
告诉我桌子一侧
两只馒头等待着我
丰盈饱满　油面滑肌
含情脉脉地把我注视
有点狡黠　有点调皮
伸手,就是我的
动口,即可满足
欲念拉起我的手
非常非常亲密

关键时刻
总指挥部却发来信息
一年前辛苦战败的肥脂
一直不甘心撤离

就藏在这些碳水化合物里
现在太随意　明天悔不及
体重计那小子肯定讥笑你
手莫伸，伸手有猫腻
嘴莫贪，贪多必成疾

哦，可爱的不一定有利
有利的或许也有弊
意志，抑制，抑止
半悬的手把水杯握起
咕噜噜，终于把内乱平息
深呼吸，又经历一次搏击
身体　如工作，似生活
像学习，需要管理
自省　自警　自励
不反弹　可持续　方无虞

2020 年 1 月 9 日

文化衫的记忆

你在家里
我在异地
我把你印在文化衫里
我们的心连在一起

我把你穿在身上
往事不期而遇
你穿过风
我穿过雨
风雨中相向相拥
心与心贴在一起

我把你记在心里
你给我无穷激励
我们穿过风
我们穿过雨

风雨过后晴空万里
彩虹特别多彩艳丽

我们的心连在一起
日夜兼程无所畏惧
我们迎着风
我们沐着雨
栉风沐雨翱翔天宇
风景更加丰盈美丽

无论何时
无论何地
文化衫亮丽在心里
我们的心永远在一起

2019 年 11 月 11 日

劝勤歌谣

家里的灰尘对你说
我是自由飘逸的追求者
你为什么就不愿把桌面地板抹一抹
害得我的后腿被你家拖

屋里的绿植对你说
我是吐故纳新的造氧师
你为什么就不愿把水给我喝
害得我萎靡不振日渐干枯了

键盘上的字符对你说
我是传世经典的建筑师
你为什么就不动动脑和手
害得我四处奔波找朋友

调色盘上的颜料对你说

我是七彩人生的勾兑哥

你为什么就不愿起用我

害得我百无聊赖逐渐瘪了壳

你啊你啊小帅哥

天下数你最懒惰

要是你勤快一点点

灰尘会高兴地去梦游

绿植会吸碳吐氧蓬蓬勃勃

你啊你啊小靓妞

懒惰的女儿婚嫁愁

要是你勤快一点点

字符会有序排成论文与诗歌

颜料们也将调配成七彩生活

小靓妞啊小帅哥

天下一勤无难事

铁杵也能把针磨

幸福从来靠奋斗

成功最怕推与拖

奋斗，就从勤快来开头

2019 年 11 月 20 日

别让谁都怕了你

你多才而急智
老师刚提问　你已知答案在哪里
但从此老师不想再问你
你就不明白杨修之死是否冤屈
同学也不想和你在一起

你聪明有见地
凡事反应很快很及时
但听风就是雨　响雷就躲避
你就弄不清蚯蚓为何先出洞
更看不见大树如何战胜风雨

你博学好揭秘
导游很难说动你
魔术师见你都胆怯
但从此很多风景你无缘

很多精彩拒你于远距离

你善言有锐气
众人议事你总先提好建议
但从此萧郎是路人
与其对你谦卑不如躲避
你纵有千般韬略都烂在肚里

大千世界草木有其利
芸芸众生社交有奥秘
空桶虚怀能盛更多水
杯水盈盈常常向外溢
行行出状元　谁都非万能
处处风物有奇异
茫茫人海各有目的
滔滔河流归同途异

常怀感恩人感激
容人之处容自己
己所不欲勿施人
尊重别人人尊己
倾听常比倾诉高
大智若愚非真愚
人生求索路漫漫
千万别让谁都怕了你

2019 年 12 月 3 日

怎么回老家过年

过了元旦
中国年就近了
街上报上手机里
塞满了高频率的回家过年
勾起我的隐隐心痛
今年　我怎么回家过年

从前，逢节过年
在那不很遥远的乡下
总有一双盼望的眼
望着来路　倚在门边
而我只要碰到好吃好用的
首先就想送回到妈妈眼前
心里总惦记着妈妈颐养天年

不测风云来得突然

就在己亥猪年春天

家门遭遇惊天之变

我那亲爱的妈妈

突然追随天国的父亲

闭上了慈祥怜爱的双眼

虽然年近九十　人称高寿

儿孙总是　不舍　不愿

泪如春雨　绵绵　涟涟

虽然妈妈走得安详泰然

儿孙总是　懊悔　内疚

惭愧照顾不周到

痛恨孝敬不全面

子欲孝而亲不待啊

肝肠寸断再难侍奉亲前

如此痛心经年

又逢过年　我怎么回老家

进门　再没有妈慈祥的望眼

客厅　再没有妈笑语叮咛

吃饭　再没有妈吃我反哺嚼碎的肉丸

糖果　再没有妈吃出我心意的脆和甜

出门　也再没有妈劝诫我

晚上少外出　酒少喝一点

如此经年

叮嘱　似乎还弥漫在房间

往事　已成为故事的源泉

善举　已定格成永远的纪念

笑容　已怀念成了墙上照片

如此经年

又痛又悔　无奈苍天

意绵绵　念绵绵　思绵绵

如此经年

物是人非　睹物思亲　泪涟涟

我怎么能

怎么能回老家过年

2020 年 1 月 5 日

特别的思念

特别的日子总是会重播
如看不懂的情节
听不够的歌
按下倒播键
就有老画面
没下雨的雨水节气
心雨涟涟

每次回老家
总是加油时支付思念
总是用梦境导航路线
"睡得好么？脚还疼吗？"
车里反复播放母亲的惦念
最欣慰的总是到家的那一刻
一声："妈，我回来了"
就能把梦里温馨再现

一匙嚼碎的苹果浆
就能灿烂母亲的笑脸
而最揪心的画面
总是又要暂别时
母亲的叮咛
及时刹住我的油门
"酒少喝一点
遇事少与人争"
重要的话何止千万遍
就这样如初心誓言
伴随跌撞中奔跑的人生

今天是母亲忌日一周年
我把跪拜虔诚为思念
天上不用戴口罩吧
春天正快步来到人间
母亲安息，别再惦念

2020年2月19日泣记

羡慕你啊，有妈妈

羡慕你啊，有妈妈
有妈便有母亲节
有妈心中有牵挂
有妈孝敬能表达

羡慕你啊，有妈妈
有妈便永远长不大
童心天真有人懂
冷暖饥饱有人挂

羡慕你呀，有妈妈
有妈便有密密缝的爱
母爱伴随走天涯
奋进的动力又增加

羡慕你呀，有妈妈

你要好好待妈妈
孝亲最佳在当下
陪伴倾听是最好的孝顺话

好好珍惜妈妈吧
但愿母亲常微笑
平安健康度春夏
我把大地和祖国当妈妈

写在 2020 年 5 月 10 日母亲节

忆念父亲

忆念父亲，追忆
在家乡的山岭间逡巡
老松树伸出粗糙的大手
搀扶着我的童年
翻过一座座山岗
登上一处处山巅
沿途开垦荒芜的山地与心灵
种下松树杉树茶树与愿景
至今
老干虬枝的松树依然苍劲
笔直向上的杉树依然茂盛
一垄垄茶树依然清香怡人

忆念父亲，思念
在家乡的溪水间唱吟
跌跌撞撞而方向笃定的流泉

滋润着我的少年
发脉于崇山峻岭
紧贴着大地母亲
冲击着饥肠辘辘
向往着澎湃光明
至今
父亲筑起的水塘
波光依然潋滟着爱意盈盈
父子放养的鱼虾
依然在快乐地嬉戏诱人

忆念父亲，思绪
在家乡的羊肠小道上前行
路旁如火的映山红
把农家孩子的前途引领
终于踏过泥泞走上了汽车
走出了黑暗迎来了黎明
高速路拉近了大都市
路上穿梭着游客和农产品
如今
百年老屋里住着城里人
山村的夜歌声撩人灯火通明
驻村工作队就是村里人
角角落落焕发出绿色文明

忆念父亲
山山岭岭写满了攀登坚韧

潺潺溪流注满了上善坚定
长长村道接上了高速指引
忆念父亲
激活了几多沉淀的画面
振奋了几多曾经的豪情
催生了几多告慰与奋进

　　作于 2020 年 5 月 15 日农历四月廿三日

楷　模

正是崇尚楷模的时候
森林旅游观摩杭州
灵隐一访
意外一得
楷模起于何时
何以为楷为模
典籍告诉我
孔子冢上生楷
周公冢上生模
后世合之以成楷模
以树喻人
树以喻德
东汉之后便推崇楷模

正是崇尚楷模的时候
来一个合影吧

让身体与楷模相伴
让心智向楷模仰慕
让黄旭华的深潜精神
深植心底
让袁隆平的三个梦
常伴左右
让于漪的师德师风
吹遍每一所学校
让王蒙的青春之歌
飘进每个人心窝

来吧,朋友
来与楷模合个影
心中有楷模
道路越走越好走

2019 年 10 月 20 日于杭州西湖

点　赞

点赞你

不是为了阿谀

诗文书画虽无定法

风景独好却有实据

点赞你

不仅仅是鼓励

你的文字似乎是我的话

我的心意变成了你的诗句

点赞你

不仅仅是给你

春风化雨润物虽无声

阳光雨露总是众生所需

点赞你

不仅仅为了我和你

玫瑰赠人余香馥郁

万紫千红灿烂着美丽

        2019 年 11 月 18 日

等待编辑

已是子夜了
我不时翻看手机
家人催促休息
只说不急不急

怕只怕　错过了时机
就好像刚相完亲
担心　错过美丽
更像是守着昙花
害怕　稍纵即逝
直到　看到了审核通知
反思于退回的迷离
惊喜的当然是
收到了发出去又回来了的
诗情画意
这才知道　其实那些都不是

我们真想要的　只是
一份牵挂　一份情意

细细想来
谈情说爱　赏花观景
乃至人生
又何尝不是
美的是牵挂
醉的是情意

2020 年 1 月 7 日凌晨作

印象星海

——写在刘迪生长篇纪实文学
《大河之魂：冼星海和他的非常岁月》初读之后

我不知是在浏览一部历史
还是在品读一首长诗
抑或是在研究一派哲思
但绝不是在翻阅小说
没有虚构没有伪饰
只有沉醉还有静思
没有臆想没有猜测
只有钩沉还有忠实
品读冼星海
我沉浸在哲思真情的璀璨星流中
我畅游在历史事实的汹涌海浪里

劈头盖脸的天问揭开序幕
犹如中世纪传来震耳欲聋的春雷

不学无术竟可成为教皇的学术
却无法肆虐有信仰的信徒
真正上心的命题作文
一样催生不朽佳作名篇
科举殿试一样试出
经国治世良策善谋
结茧成章的痴迷痴情
伴着冼星海和他的时代
还原化蝶成蛹前的姿彩翩翩
没有温情可言的人类历史
拖曳着桃花源的小国寡民
以及他那相闻的鸡犬
硬生生走进一代代帝国
没有捷径可言的历史
跳不过城邦的冷峻城墙
唯有如霞灿烂的红色
把千年明黄重新漂染
冼星海自然蜕变成红色飞蛾
一头扑进黄河的熊熊烈火
成为那个时代和若干时代
无比炽烈与厚重的寄托

满天的星星
无边的大海
蛋家女儿黄亦英的胸怀
如此壮美如此辽阔
浮家泛宅逐潮往来的追溯

为连家船民正了本清了源
码头乘客的卫生检查
无从稽查的退学原因
泄露出反复稽查校核的历程
不是深厚如土薄发而出的积淀
就是负重如牛呕心沥血的耕耘
外公黄锦村的一支短箫
启迪了整个音乐人生
真正好的歌子来自江湖
劳苦大众的呐喊
种下了冼星海的慧根

冼星海的母爱
深沉真挚一如芸芸众生
冼星海的母爱
骨性非凡似孟母三迁
半块蛋糕折射自由与尊严
母爱如星似海的礼赞
和妈妈合作完成的处女作
养正战胜一切艰难的品格
不惧漂泊贫寒的小绅士
人民音乐家的良帅
更是志同道合的战友
这是至纯至真母爱的升级版超豪篇

想不到史实可以这样叙述
想不到回忆可以这样链接

想不到冼星海可以如此刷新

想不到语言可以如此腾跃

原来这就是爱不释手

原来这才是开卷有益

感谢文学如此灵动

感恩刘迪生烹制如此盛宴

2019年6月9日凌晨于惠明

品读鸥鸣
——兼评鸥鸣诗集《悄悄读你》

至今尚不认识鸥鸣

又似乎略懂鸥鸣

或许年轻

或许不很年轻

鸥鸣年轻

悄悄读你悄悄话

112 页全是爱情

月色邂逅咖啡

经过你的城市失眠

明知忘记你不如忘记我自己

错过了还唱今生我只在乎你

纠结于如果我们不曾牵手

又何必忧伤是因为我不懂得放下你

甚至，代序和后记
仍然是悄悄读你引起
为了忘却的印记
你的恋人一定优美　优雅　忧戚
谢谢她吧　给了你美好的回忆
你的爱人　一定温顺　贤良　大气
感恩她吧　给了你忘却的勇气

鸥鸣应该不很年轻
爱恋中学会了克制
风浪里掌握了忍隐
多少情愫在诗句里枯萎
多少感情在思念中凋零
多少真情在现实中蓬勃
多少冲动在亲情中安定
虽说，自古爱情
唯有凄美才感人
可是，今生今世
荷清意浅　晓月如蓝
我更愿意　守候绚丽
将那一方遥远的岸堤
赋予时光的潮水
将最远的你最好的爱
交给了最近最真的爱人

至今尚不认识鸥鸣

分明却又略懂其人

悄悄读过你　才懂得

诗人的心　永远年轻

        2019 年 11 月 11 日

二月河挽歌

轻轻地，您走了，
我想，您是安详、幸福的。
因为，您把有限的生命，
献给了无限热爱的事业和祖国！
落霞满天是您沉甸甸的收获，
朝阳更绚是您重千钧的嘱托！

道路是曲折的，
追求又何尝不是呢？
南湖红船的劈波斩浪，
斧头镰刀的中国特色，
也是漫长迷茫后的清澈！
您的追求也历经了选择。
先是不由自主的融入，
再是融入潮流的从戎报国，
后是做官与做事的抉择。

您曾放下了名利的束缚，
您又放下了官位的诱惑。
从此痴迷于文字，
痴迷于文字的排列组合！

痴是一种境界，
痴是一种执着，
痴是一种追求，
痴中自有执着追求的快乐！
达摩大师十年面壁，
达·芬奇千万次画蛋，
贝多芬扼住命运的咽喉，
乃至从墨汁中品出
真理味道的望道先哲，
哪一个不是痴中悟道痴中收获?！
因而您痴于读痴于集痴于写痴于悟，
您泅游于历史的长河，
打捞起沉重的启示。
您用康雍乾的往事，
钩沉落霞的绚色，
您用千年春秋大义，
夯实新一轮朝阳壮丽的喷薄！
及至进入新时代的殿堂，
您又穿越二十四史的长廊，
观照出亘古未有的反腐力度。
您站在历史文化的城墙垛口，
俯瞰评点着芸芸世俗，

您甚至用发财当官两道走的直率，
警醒了多少观望徘徊迷途者！

人生是短暂的，
历史是漫长的，
您用短暂洞彻了漫长，
您用历程丰满了历史。
我想，您轻轻地走，
却走得安详，走得幸福！
您是辛苦的，
辛苦在于您一直在奋斗，
您又是幸福的，
幸福在于您的奋斗很值得！
值此先生融入黄河化蝶升华的时刻，
我，万千河粉亿万群众之一，
谨为先生作此挽歌：
走好，安息，二月河！

2018 年 12 月 15 日作于惠州

微诗一束

（一）城市微诗

太阳能路灯

照亮征程　无惧风雨

终究还是喜欢晴空万里

动力　必须可持续

智能家居

你呼唤　他照办

前提是

有动力　讲程序

堵车

快速路　脸都红了

承载　城市的乡愁

却拉不动　着急

限速

高速　节节拔高了效率
限定　安全放在了第一
很多时候很多事　过犹不及

（二）家居装修

装修

摒弃一些丑陋
亮丽一些独特
正如人生　修心养德怡悦生活

家具

不论中式欧式　重在合适
都说红木能增值
何不问问腰椎乃至屁股
现在是否舒服

电视机

有厅有房　总要配上电视
虽然　手机电脑大多已可代替
一些事　与其说有用
不如说　满足某种心理

造价

就这个项目　稍为增加一点

品质好多了　增吧
竣工累计　快傻了眼
泡红了预算　积水成渊

（三）学习强国四题

坚持

早起　首先开机
晚安　检查完毕
完全融入日常　不分节日假期

内容

犹如新鲜空气
俨然粮食充饥
丰富的营养　砥砺的动力

答题

检验　检查　检视自己
挑选　挑战　挑出难题
不达目的　绝不撤离

标兵

向前看齐　后顾无虞
积分不是目的
有所激励　自觉积极

（四）化石三品

忠诚

任尔天崩地裂　火炼风摧

始终坚守初心　形也不改

忠贞　不择时空环境

担当

越是变幻莫测

越需要历史的见证

天地虽大　舍我其谁

干净

千淘万漉出熔岩

来路清晰可鉴辨

不玷不染　安生千万年

（五）生活微诗

摇摇椅

越是有人喜欢摇来晃去

自己越要站稳原地

立场　就是生命力

浇花

浇在叶上一时亮丽

浇在根部持久泛绿

铸魂　自培根起

艺术品

懂，叹为观止
不懂，眼光睥睨
似懂非懂，胡言乱语

手

孩子的手大了
母亲的手小了
又是小手拉大手
力量传递没有代沟

惊喜

正在辗转翻查联系
微来了你的信息
"要结婚了，终于找到了你"

牛的困惑

你们已不需要我的力气
却更迷恋我的矫健身躯
股市与微信里，为何更喜欢盗用我的名气

套餐

都是精心的安排
多少人自愿被套进来
又有多少人能潇洒在套外

体重计

与其说是计量器

不如说是监督机

相信，就给你提醒注意

羞涩

难得这个年代这个年龄

还有人愿意给这个表情

可惜　大多只见于微信

潮汕功夫茶

壶里塞满岁月风干的嫩芽

冲上滚烫的情感

三杯巡城，三生有幸

泡出往事与愿景　醇香四溢

客家擂茶

苦涩清香的日子纷呈

次第研磨　打碎　融合

都靠着奋进的激情

调制出生活　甘醇可口

醋意

惊愕于你的醋语

欣喜于你的爱意

谢谢　虽是误解的勾兑

酸楚中仍品出了甜蜜

美遇

最美的人在心里
最美的思念是我想你
最美的遇见在想你的梦里

香皂

为了芳香馥郁你
我甘愿憔悴娇躯
甚至　悄悄逝去

剪刀

拼尽所有力气
只是为了剪断联系
莫非　你有难言之隐

（六）诗意微诗

诗意

你经常寻找他
他突然来找你
邂逅了　就是好诗

诗句

比太阳起得早
比动车赶得急

像河流　从心里流向心里

静夜诗

喧嚣，关在窗外

思念，泡进杯里

暂别，美丽成一首诗

脱贫感谢共产党（歌词）

老有所终，壮有所用，
人皆有所养。
千百年来大同世界的梦想，
只是典籍中的篇章。
布德行惠，济穷发仓，
荒政赈灾荒。
千百年来旧民生思想，
只是轻徭薄赋疗疗伤。
人民脱贫脱困，
曾经只是美梦幻想。

精准扶贫，分类施策，
携手奔小康。
千百年来安居乐业的荣光，
终于在新时代点亮。
民富县强，发展保障，

道路越走越宽广。
千百年来共同富裕的愿景,
圆梦感谢共产党!
全面脱贫奔小康,
全民永远跟着党!

后　记

值此深圳满城夏花热烈本人诗集《梧桐花开》面世之际，感慨良多，千言万语汇成一词：感谢。

感谢伟大的祖国。博大精深、源远流长的历史文化滋养了我，让我从小喜欢文学爱上了诗歌！感谢伟大的时代。新时代新事物新风尚新进步，每天都在激荡着我感动着我。时代大潮中，我如一叶扁舟，无法不前行，无法不拼劲；又如一只海鸥，无法不飞翔，无法不欢歌！

感谢伟大的人民。在深圳这片古老而年轻的热土上，多少人为梦想而奋斗；在生态文明建设中，多少人为守护绿水青山创造金山银山而拼搏；多少平凡不平常的英雄及其事迹让人泪目催人奋进，我必须忠实地记录；在静静流淌的岁月长河中，多少浪花冲动着我，不由让我自觉以诗铭刻！

感谢文坛前辈诗友读者。2010年加入广东省作家协会，后又兼任揭阳市作协副主席，给了我动力和责任。2019年加盟广东省侨作联，张文峰、蔡宗周、刘迪生、赵南成、莲蓬等老师的鼓励重新点燃了我多年湮没的文学创作激情。网络时代，中国作家网、中国诗歌网、东方诗歌、南粤作家岭南文学等文学平台诱惑着我每天的创作热情。天天明爱诗群、诗意人生群及朋友圈中的各位亲友的点赞支持，客观上起到了推波助澜的正向效应。

感谢林业系统的领导和同事。林业缘的延续，生态梦的激励，梧桐山的厚重，大自然的馈赠，以及文化艺术的融合，兴趣爱好的肯定，给了我创作的动力、激情、心智和时空。

感谢宣传文艺界的慧眼匠心。中共深圳市盐田区委宣传部和盐田区文联，立足高远，慧心金睛，匠心独运，扶持出版，悉心指导，功在千秋，影响深远。著名诗人杨克先生欣然作序，热情褒奖，直言缺失，其中赞弹，令我汗颜，催我加鞭！李云老师郑重题签，诗集蓬荜生辉！

梧桐花开，凤凰来仪。一书面世，众志合力。感谢文学之路上的启蒙恩师，文坛诗界的文朋诗友，日常生活中的亲人朋友，编校印务中的工作同人！

感动感恩，感谢感言。是为后记，时2020年6月1日。